U0901846

云南文史书系

赏心悦目的感受

张 长著

生活·讀書·新知 三联书店

图书在版编目（CIP）数据

赏心悦目的感受／张长著．—北京：生活·读书·新知三联书店，2014.10
（云南文史书系）
ISBN 978－7－108－05112－7

Ⅰ．①赏…　Ⅱ．①张…　Ⅲ．①散文集－中国－当代
Ⅳ．①I267

中国版本图书馆 CIP 数据核字（2014）第 168603 号

选题策划　朱利国　曹永平
责任编辑　邵慧敏
装帧设计　薛　宇　蔡立国
责任印制　宋　家
出版发行　生活·讀書·新知 三联书店
（北京市东城区美术馆东街 22 号 100010）
网　　址　www.sdxjpc.com
经　　销　新华书店
印　　刷　北京鹏润伟业印刷有限公司
版　　次　2014 年 10 月北京第 1 版
2014 年 10 月北京第 1 次印刷
开　　本　787 毫米 × 1092 毫米　1/32　印张 9.625
字　　数　141 千字
定　　价　72.00 元
（印装查询：01064002715；邮购查询：01084010542）

目录

美丽的奉献

美丽的奉献

永远的兰花

在所有的花朵中，恐怕要数兰花——我这里指的是“中国兰”或叫“地生兰”——最“中国”了。历朝历代的中国士大夫们最喜欢三种植物——松、竹、梅，称它们为“岁寒三友”。松的四季常青、竹的正直有节、梅的傲霜斗雪，使这三种植物具有了人格象征。但自《群芳清玩》问世，作者认为“世称三友，竹有节而无花，梅有花而无叶，松有叶而无香，唯兰独并有之”，兰花便逐渐成了文人士大夫案头的最佳清供。或暗示自己所坚持的操守，或只为了显示主人的一种雅兴。

以东方的审美情趣看，兰花确实是最具中国味道的。它不是西方人欣赏的那种大红大紫热烈奔放之美，而是像中国人那样婉约、含蓄、清雅，它的枝叶犹如一簇翡翠的喷泉，永远透出一种生命的绿意。不刺目，不张扬，青草似的温柔，却又松柏似的坚强。真个是“不求发泄，不畏凋残”，光是那一丛丛永久的青碧，便足以赏心悦目。待到花开时，只消一朵，便满室飘香，凑近闻，又没有了。奇怪的是，便是在它一朵朵盛开之际，也不招蜂引蝶。我种兰花多年，还从未见到过蜂蝶萦绕兰花枝头的。它却又始终悄悄地放出清醇、淡雅而悠远的芳香。兰花于是赢得了“王者之香”的美誉。又因这香气似有若无，故古人有句云：“入芝兰之室，久而不闻其香。”这话不仅赋予兰花一丝神秘色彩，还有点哲学意味：如果我们有机会和一位贤者来往，相处久了，反而觉得他和平常人无异，不就是这个道理？

兰花的形状也是很特别的。我们看到三片形同花瓣的，其实是花萼，仔细看里面还有三小片，那才是真正的花瓣。下面一片形如人的嘴唇，叫“唇瓣”。便是纯白的兰花，“唇瓣”上也有很多不同颜色的斑点。这斑点颇有讲究。那些会“玩”兰花的，认为“唇瓣”上变化万千的色斑才是最具审美价值的部分。从植物学角度看，唇瓣应是长在兰花最上面的花瓣，但由于花梗、子房极复杂的旋转，使花扭转了180度，因而唇瓣成了兰花最下面的一片花瓣。具有这一奇妙的自然现象，不论从植物学或美学角度来品评，兰花都堪称奇花异卉。最为奇特的还是它的花蕊，不像别的花朵雌雄分蕊，而是在唇瓣上方生成一个合二而一的为兰花所特有的“合蕊柱”。兰花因此被植物学家看作进化到最高阶段的有花植物。

兰科植物在单子叶植物纲中又是分布最广，种类最多的植物。它仅次于双子叶植物的菊科而名列第二。全球 700 属 20000 种，中国占 173 属 1200 种。

于是一个有趣的偶合出现了：

哺乳动物中高度进化的人类，爱上了植物中高度进化的兰类；而民族复杂、人口众多的中国人尤爱分布广、种类多的中国兰。动植物之间的相爱似乎也讲个“门当户对”？

中国人之爱兰有一千多年的历史了。关于“兰”、“蕙”的记载最早可追溯到屈原的《离骚》：“余既滋兰之九畹兮，又树蕙之百亩。”“畹”，古面积单位，1 畹相当于现在的 12 亩，9 畹就是 100 多亩了。屈原不是专业户，也无机械化，他种得了那么多吗？另考，据罗愿《尔雅翼》所描写的，古代“兰”和“蕙”是一种春天开黄花，秋天开紫花，花叶有香味的菊科植物。植物学家也认为，那时的“兰”和今天的兰花不是一回事。

那么真正涉及地生兰的文字始于何时呢？专家们普遍认为是唐代，见唐彦谦的《咏兰》和杨夔的《植兰说》。前者以诗的文字描绘碧绿弯曲的兰花条形叶在微风中摇曳，苍白的花朵上还凝着露珠：“清风摇翠环，凉露滴苍玉。”《植兰说》则干脆是地生兰的栽培方法了。连唐太宗也写了咏兰的诗：“春晖开紫苑，淑景媚兰场……日丽参差影，风传轻重香。”兰花因皇帝欣赏，士大夫们也就争相种植，并从兰花的迎风傲雪、隐匿深山、不媚不俗、常青常绿的习性中找到一种隐喻、一种参照。以兰为题材的诗和画开始出现。一些历史上有名的诗人，如李白、苏东坡、苏辙、杨万里都有诗吟咏兰花。如李白“若无清风吹，香气为谁发”，苏东坡“春兰如美人，不采羞自献”等等都是名句。最初画兰的应数宋十世皇室成员赵孟坚（1199—1264年）。宋亡于元，他隐居画兰，以示清高。兰花还因此被赋予忠贞的品格。他的堂弟赵孟頫名气比他大，因屈于元，有弃宋之嫌，故毕生不画兰花。元朝还有个很有名的画家郑思肖（1239—1316

年）画兰不画土，以抗议元夺宋土，“邑宰闻其精于画兰，不妄与人，贻以赋役取之”。他怒曰：“头可得，兰不可得。”郑思肖这种傲骨反倒震慑了对方，“宰奇而释之”。这种作品与作者人格的一致确乎难能可贵。遗憾的是，这幅无土春兰画卷至今收藏在美国华盛顿 Freer 画廊，确确实实地根无所系了。

关于兰花的欣赏和栽培专著也逐渐多起来，从高濂的《兰谱》（1519 年）到夏贻彬的《种兰法》（1930 年），前前后后林林总总，没有完整的统计。中国士大夫们历来以清贫孤傲为荣，兰花很能满足这一种心理，所谓“芝兰生于幽谷，不以无人而不芳，君子修道立德，不因困穷而改节”。

这种喜种兰、写兰、画兰、赏兰的“兰文化”一直延续下来，至清代的郑板桥可以说到了极致。这位从画像上看，瘦骨嶙峋，风骨和气节也颇似兰花的郑板桥，在题一幅兰花时写道：“身在千山顶上头，突岩深缝妙香稠，非无脚下浮云闹，来不相知去不留。”作者借兰花自诩，鄙薄脚下过眼烟云般的功名利禄，一派清高孤傲的寓意跃然纸上。郑板桥对兰花的挚爱和细致的观察，使他所画的一幅幅兰花飒飒若有生命，馨然似送清香。这些字画已经成了世界各大博物馆和收藏家的珍宝！纵观历史，所有的花中，似乎还没有哪一种花像兰花那样与中国文化结合得那么紧。

因之，世界植物学界把兰花中的地生兰一属郑重地命名为“中国兰”（Orchis China）。

中国兰自然以中国为多，而中国又以云南这个地球村的花园里最多，仍是集中在这个花园最美丽的地方——滇西北的崇山峻岭中。《徐霞客游记》称云南宾川的“鸡足山兰品最多有。所谓雪兰（花白）、玉兰（花绿）最上，虎头兰最大……”《云南通志》载：“兰有七十余种，雪兰为胜。”在这个地球村的花园里，一丛丛中国兰，或摇曳于悬岩峭壁，或怒放于激流山溪、高山深谷、雪岭冰漠，处处都有它们的芳踪。

便是在我国分布范围很窄的另一属兰花——附生兰（热带兰、洋兰），在我们地球村的花园南端的热带雨林中也能找到。它们寄生在雨林的巨大乔木上，当七彩斑斓的花朵争相怒放时，常常交织，架构成一座座“空中花园”，蔚为大观。

兰属的花朵由于其倒转的唇瓣酷似一叶小舟，因之又有一个拉丁文名 Cymbidium（小舟），这种变异在洋兰上尤为明显，如构兰、兜兰等等。有时，整个花朵就是个圆筒，形象很怪诞。西方人后来干脆就把兜兰那变大了的“小舟”改称为“夫人的拖鞋”。从这些名字可以感知这另一属兰花的“洋”味。为了有别于中国兰，又叫它“洋兰”。洋兰就是以它花形怪诞、色彩艳丽吸引人，一般有色无香。

中国人之喜种中国兰，原来也是一种精神寄托。如果在今天还暗示一种清高，那也只是拒绝媚俗的一种精神向往和淡泊富贵的廉洁自持。想想高度商品化的社会，这委实也可笑。对某些人而言，今天的兰花已不是郑板桥的兰花了。它已代表着金钱，甚至是权力和财富的象征。现在“玩”名兰者，早已不是穷酸的郑板桥，而多是些大富大贵之人，这也是这位板桥道人始料不及的。

市场看好，利润丰厚，极大地带动了地生兰的栽培和发展（洋兰也不例外），一些新品种不断培育出来。滇西的大理、丽江、保山，滇南的建水、石屏，滇东的文山、西畴，以及省会昆明，是历史上滇兰的栽培中心。

除大小雪素、春兰、墨兰、剑兰、朱砂兰、双飞燕等等传统品种之外，新培育的滇兰品种还色香兼具，有了什么“绿素”、“红春素”、“金黄素”等等新品种。“金碧交辉”、“黑珍珠”、“龙眼珠光兰”更是闻所未闻，见所未见。1990年，维西县一个农民培育出一盆“太白素”，共4苗，送广州兰花博览会参展，外商开价4万美元，仍未成交。闻之无不咋舌。

今天的中国兰，其外观形象和人格象征，随着商品化而大大地异化了。现在种兰花，买兰花，少有什么精神寓意，更多的是功利和实用：用于市场谋利，用于室内装点，用于送礼应酬。送人参燕窝，送人头马，送劳力士都贵，但都刺眼，都俗气。送一盆高档兰花就绝无行贿之嫌，而且是何等的高雅！贵重程度只有收、送双方知道。一般人还不是把它当成一盆普通花卉，自然可以堂而皇之地摆在客厅里供人欣赏。这也就是为什么有的达官贵人家里名兰多多的原因。

物以稀为贵。地生兰中，且不论大小雪素、墨兰这些传统名品，更不敢谈“太白素”那样近十万元人民币一苗的珍稀兰花，便是“下山草”——刚刚从山上采来的兰花，其价格亦不菲。为了图利，什么都假，兰花又焉能例外。多年前，我就因买兰花上了一次当。花鸟市场那小贩直说他的兰花是真正的“素心兰”，指给我看那花朵，说还会抽出好几箭的。我是从来什么都信以为真，看那卖花人老实巴交一副山里人的样子，便毫不犹豫地掏出 50 元钱买了。回到家，还挺兴奋地请一位懂兰花的朋友来看，他哈哈大笑，说这是“麦冬”，并毫不犹豫地把花拔起，在花茎和根之间，一根极细的牙签露了出来。我一下子感到非常沮丧。这是一次真正的“移花接木”，而且成功了。作假者认为你是傻瓜，而你确实也是。

“麦冬”一名“麦门冬”，一种多年生草本植物。叶条形，丛生，酷似兰草。它本是一味很好的中药，一冒充兰花，便假了。

上了一次当并未影响我种兰花的兴致，到现在我还养了几盆。我的种兰，自是不为显示清高，仅仅是因为懒，懒得侍候那些金枝玉叶。兰花一点不娇嫩，一盆山土，一杯清水便活了。只要每周浇一次水，放在背阴处，春天那一箭箭花苞就在你疏忽它的时候，突地从一丛青碧中窜了出来，给人带来阵阵惊喜。悄悄开放的兰花还会让我想起边疆那不受污染的深山幽谷和生活在其中不受污染的心灵。想到1978年我在西双版纳原始森林中看到的一丛野生兰花，也是悄无声息地开放着，芳香着，不管有没有人看到它的花朵，嗅到它的芬芳。“不以无人而不芳”，这很像生活中的某些人。我从没写过小说，却因这次感受写下了我的第一篇小说《空谷兰》，它给我带来1979年全国优秀短篇小说奖的殊荣，我的爱兰也许是从这时开始的。

更早一点，我的爱兰恐怕要从“吃兰”开始。这话怎讲？那是上小学的时候，有一次随叔叔们上山砍柴，肚子饿极，叔叔带我走进一个守包谷地的窝棚里，守地的老人一边在火灰里烧包谷，一边煮着一锅什么。叔叔问，老人说是山里面挖来的天麻，挺补人的。边说边刨出烤黄的鲜包谷，捞出一块天麻，两种东西都那么鲜美脆嫩。也话是饿的，我一口烤包谷，一口白水煮天麻，觉得这是世界上最好吃的了。这种纯天然食品的菜谱，我敢说英国女皇也没吃过。最近查资料，才知道大名鼎鼎的补药天麻，植物学上也是兰科植物的一种。我的爱兰不是从“吃兰”开始么？

天麻作为兰科植物是开花的。可惜我没见过天麻花。它长年生长地下，开花时才钻出地表，抽出花序。植物学家经多年观察、研究，才知天麻是靠密球菌提供养料、水分而生长的。现已解决它们的共同繁殖问题，天麻可以大面积人工栽培了。兰科植物的这一贡献，爱兰者未必知道。

随着兰花的进入市场，兰花（特别是名贵兰花）已经是金钱的代名词了。但对少数人，兰花还是那株具有人格取向的兰花，“兰花本是山中草”，起码是大自然的一种安慰吧。那些来自东京、首尔、香港的客商们，为什么要到万里之外的云南来寻它的芳踪呢？工业社会，科技文明无疑带给富贵人家巨大的乐趣和舒适，但同时也副产了一些媚俗、艳俗、贱俗的东西。而中国文化赋予中国兰的那种东方神韵始终吸引着人们。正如日本著名兰花搜集家神谷高树说：“滇兰似云岭的蓝天白云，意境悠远，清丽脱俗……”这长自地球村的花园——云南的兰花，无疑会给那些焦灼的心灵以都市生活无法得到的滋润和慰藉。

郑板桥还有个名句云:“难得糊涂。”甚妙。妙在旨意是双向的：一方面说一个人糊涂很不易，所以才“难得糊涂”；也正因为如此，一旦学会糊涂也就“糊涂难得”了。

我想，此翁若是活到今天再画兰花，很可能还再题一句:

“难得清高。”——清高难得。

兰花因此是永远的。

吃进肚里的美丽

年轻时读旧小说有句话我老记得，“恨不得一口把她吞进肚里”，描写男人见到一个美女时想全部占有的强烈欲望。

成语中又有“秀色可餐”一说，用以广泛形容美丽的风景、女人等等。面对美丽，你看呆了，入迷了，忘食了。所以美丽可以当饭吃。

事实上美丽的确可以吃进肚里。一些美丽的花朵就可以吃。听说有专家编了一本书，介绍可食的花卉，可惜我没看到。在云南，以野花为食于少数民族是很普通的事，尤其拉祜族。他们不仅吃花，还崇拜花。在祭祀天神“厄霞”和祖先的祭坛上，他们用纸剪出与拉祜人生命、生活攸关的各种花贴在神柱上，如稻花、包谷花、南瓜花、太阳花、月亮花等等。拉祜人说，花开了，就结果了。拉祜人因这些花得以生存、繁衍，他们因之感恩和拜祭这些花朵。花崇拜，我没听说过。这种崇拜多么美丽。

就我所知，拉祜人恐怕是喜吃野花和吃野花种类最多的少数民族了。这无疑和他们居住的自然环境山高林密，温度和湿度都适宜于此类植物生长有关。有些花我吃过，但大多数是闻所未闻，见所未见。

赪桐（Clerodendrum japonium）：拉祜语 napenaceda，马鞭草科赪桐属，夏秋之际开花，细碎如小樱桃的花序火红一片，亮丽热烈。拉祜人将那鲜红的花朵用叶子包起烧熟后，放盐、辣椒与煮熟或烤熟的马铃薯同吃。可以想见味道是非常独特的。

九翅豆蔻（Amomum maximum）：花白色，中为黄色，拉祜语 leivvuse chibovve，5—7 月开花。据吃过的朋友说，入口有一种豆蔻的清香。

绿苞山姜（Alpinia bracteata）：拉祜语 jabinemibcvve。花开时为白色，食其紫色花蕾。

此外，羊蹄甲花、芭蕉花、某种开白花的大树杜鹃，乃至野山茶，拉祜人都吃。还有一种叫“蜜蒙花”的，不知学名叫什么，可作食用色素，用以染黄大米饭，也以花炖瘦肉吃。

原以为野花野草，名不见经传，孰料前不久在一本杂书上竟然读到咏赪桐的诗句：“西风坐阅芙蓉老，合是药中耐久朋。”作者方岳，宋人。赪桐花期很长，在姹紫嫣红逐一凋残的时候，秋风萧瑟，赪桐仍是一片红火。方岳以此比喻友谊的长久。我想，在我没看过的典籍里说不定还会有关于这些野花的罕见记录。

云南，这地球村的花园里，可吃的美丽花朵实在太多了。便是我也吃过七种：雪绒花、杜鹃花、羊蹄甲花、苦刺花、棠梨花、棕榈花、芭蕉花。这些美丽似乎已溶化在血液中了。至今回忆，仍觉齿颊留香。

雪绒花（Leontopodium alpinum）：这花前不久才从一位植物学家那里对上号。这是一种植株柔嫩、灰白，开黄色花的野生草本植物。认识这种花也是从吃开始。在我的家乡，常用以和糯米糍粑捣在一起，名“火草粑粑”。吃起来柔糯又有嚼头，且有一种说不出的清香。为什么要叫“火草”？大人说，花（也许还有茎）

晒干后，可作火草。火草现在的年轻人不会知道了。半个世纪前边远村寨连“洋火”（火柴）也没有，男人抽烟时就用火草（绒）引火。把这种火草（绒）放在燧石上，用一耳状铁片像擦火柴似的擦击出火花，火绒就点燃了。我以前只知它叫“火草”，不知道那美丽的雪绒花就是它。美国电影《音乐之声》里男主角柔声唱道：“雪绒花，雪绒花，清晨迎风开放……”现在要能再次吃到火草粑粑，心里定会回荡起《雪绒花》的旋律，味道会更好。

美丽的杜鹃花也能吃的，但只有某种白杜鹃才能吃。清吴其浚《植物名实图考》谈及杜鹃，谓：“乡人采其花，熟食之。”我儿时吃过这种花的，只是小时很挑食，认为是野菜，尝一两口就不吃了，什么味道至今已记不起来，现在很想吃却难得再有机会。但马缨花（一种红花杜鹃）的每朵花常贮有蜂蜜，我常一朵朵地撕开了吃蜜，那印象是很深的。杜鹃花是万花之王，要色有色，要香有香，要形有形，大树杜鹃开起花来那灿烂辉煌的气势，没有一种花可与之比拟。很为儿时有机会吃到这美丽的花朵却像猪八戒吃人参果似的，食而不知其味深感遗憾。

与白杜鹃类似的羊蹄甲花比较容易吃到。它分布在热带、亚热带，海拔600—900米的季雨林中。干季，在似烟非烟、似雾非雾的春霭里，它一开一大片，于氤氲、朦胧中此一片雪白，彼一片淡紫，伴以阵阵蝉鸣，叮咚流泉。“蝉噪林愈静，鸟鸣山更幽”，其所营造出的那种宁静而又温柔如梦的氛围，我未在别的地方感受过。当山寨的乡亲们以白水煮过的羊蹄甲花配以烤熟的辣椒末蘸水款待我时，我品尝到另一种美丽：芬芳、清纯而热烈。吃得我晕晕乎乎，似乎置身于羊蹄甲花盛开的那种朦胧里，天人合一了。此花又称“玲甲花”。清吴其濬说它是“番种”、“夷人喜种之”，可见是一种热带花卉。但不知为什么近些年昆明农贸市场上也能见到这种羊蹄甲？来自山区的农民管它叫“大白花”。地球变暖了，物种北移了，倘是这样可不是个好兆头。

昆明附近更常见的是苦刺花和棠梨花，爆炒之后上桌，鲜、嫩、脆，其口感非人工种植的蔬菜可比。这两种花开出的都是白色的小花朵，细碎，没有什么色彩，一簇簇，一丛丛，加上几只蜜蜂嗡嗡地萦绕枝头，姹紫嫣红的春日也少不了这份热闹。苦刺花我还来不及请教植物学家它的植物学名。“棠梨”和“棠棣”则是两种不同的植物。“棠梨”一名“甘梨”、“野梨”，是一种落叶亚乔木，枝条似梨，叶作卵圆形，边缘有锯齿，实如棠棣，味甘酸，园艺家常用以嫁接梨树。而棠棣是乔木，叶狭长，实如樱桃，有微毛，颇酸。李时珍《本草纲目》把它叫“郁李”。两种植物不是一回事。

棕榈花在云南只有腾冲一带喜吃，当地叫“棕苞”。选尚未开花的最嫩的花苞，剥开，蕊如鱼子状，以肉片爆炒，口感脆嫩、清香，苦而微涩。很多人不习惯吃，其实是一道尚未推广的佳肴。人们能接受苦瓜，为什么不吃味道远胜苦瓜的棕榈花呢？习惯使然。棕榈花说不上美丽，但特别，见过一次就会记住。

最有趣的是我第一次吃芭蕉花。芭蕉很多人知道，见过芭蕉花的人却不多。盖因长在温带的芭蕉很难开花。芭蕉花是紫红色的，未开时形如饱蘸朱红的大毛笔。花开后又像倒挂的莲座。芭蕉中有一种具观赏价值的就叫“地涌金莲”。那花朵更像地底涌出的莲台。“地涌金莲”只能看不能吃，我吃的芭蕉花是另一种。它能结出很甜的芭蕉。开花时，紫红的大花朵躲藏在丛丛如扇的芭蕉叶中，显得热烈、利落而大方。

我吃芭蕉花完全是个笑话。乍听似乎粗俗，但言者绝非有意，听者也当是一个美丽的误会。时于60年代下乡到工作队，和贫下中农同吃同住同劳动。收工回来，饿得要命，女主人往篾饭桌上放了一碗汤，喝了一口只觉鲜美无比，夹出汤中的菜一嚼，鲜嫩而微涩，是我从未吃过的，忙问粗通汉语的女主人这是什么汤。

“× 汤。”回答很正经。

我大吃一惊，她的丈夫——民兵队长却大笑起来，用傣话和妻子说了几句，羞得小媳妇捂住脸，咯咯地笑着跑进内室去了。

“芭蕉花汤。”民兵队长笑着解释，“傣话芭蕉花就叫 b ī ，她不懂汉话。”他指给我看屋角里砍回的芭蕉。那也是我第一次认真看芭蕉花。红艳艳的花苞、金黄的花蕊和这美丽的误会，使我从此记住这种花和这道汤了。

不同民族之间的语言本身差异极大，怀着猥亵的心理说文雅的话未必文雅，好心于浑然不觉中说了丑话也未见得就下流。尤其是对本质就美丽的东西，比如美丽的花朵、景色、佳肴……有时说错了，听错了，表述错了，丝毫不影响其美丽的本质。美，总是让人愉悦的。芭蕉花的外形和味道都让人愉悦。

美丽，同时又必须是真实的。正如柏拉图所说，“美是真的光辉”。美，来不得半点添加。当今一些食品要强调“绿色”，强调没有添加剂，正是强调它的真。

雪绒花、杜鹃花、羊蹄甲花、苦刺花、棠梨花、棕榈花、芭蕉花，我吃过的和所有能吃的花朵之所以是一种可餐的秀色，正在于它的本色、本味，在于真。

真，是一种天道。不论人或物，拥有了它，便拥有了一份美丽。

百合花

一种花，有举世闻名的美丽，同时又是治病良药，还是很好吃的食品，三者兼具，怕还不多。百合就是。

我认识百合，和第一次认识兰花一样，是从吃开始的。我小时候吃野生的兰科植物——天麻，随后认识兰花。认识百合也一样，从吃开始。

百合是一种多年生宿根草本植物。可食部分是它的地下球状鳞茎。我第一次吃百合是随祖母去参加乡村婚宴，八仙桌、八大碗，这是白族宴会千百年传承的饮食文化。

百合作为食品，古人早知。“蒸煮食之，捣粉作面，食最宜人，和肉更佳。”清汪灏的《广群芳谱》记载：“都波国无稼穑，以百合为粮。”“都波”，古国名，今蒙古一带。大草原自不种粮食，但360天，百合当饭吃，似有夸张。作为佳肴，倒是早有权威记述。王维“冥搜到百合，真使当重肉”。可见唐代是把它当补品来吃的。今人常喜做甜食，如冰糖煮百合、百合八宝饭等。唯上述白族吃法，我在其他地方还没见到。

从小吃百合，一睹百合花芳容已是几十年后的事。盖因敝境以往尚无大面积栽培百合者，庭园种植也不多，我小时吃的百合是采自山野或邻县贩来，不得而知。到昆明工作后，每年鲜百合上市都能吃到。百合花也终于见到了。特别是这些年，花卉作为商品大面积栽培后，各种各样的百合都有引种，是目前昆明市场上价格不菲的花朵。

第一次见到百合花，我凝眸久久。这种花真的长得别致。首先是花朵硕大，据说最大的百合花——滇中淡黄百合，花朵直径可达15厘米之长，比英国威尔逊1902年在四川北部发现的“王百合”（岷江百合）还要大！一般的百合，直径也在5厘米以上。颜色有红、黄、蓝、白、紫乃至绿色。有的有晕，有的带斑，色彩非常丰富。花形也很独特，有喇叭状，如分布在云南的淡黄百合、四川的泸定百合、台湾的麝香百合、长江流域的野百合；有钟状，如云南的紫花百合、尖被百合，西藏的西藏百合，以及广泛分布的山丹、毛百合等；有卷瓣状，如大理百合、丽江百合、川百合、宝兴百合、亨利百合等。百合一般有花1—4朵，为总状花序，开在一枝柔韧修长的花茎上，花叶似柳如竹，疏密有致，加之有的百合还散发出阵阵幽香，这就使这具有色、形、香三佳的美丽花朵从古到今都备受青睐。百合给人的感觉是高贵、圣洁的。这也许是由于经典中的传说故事和诗人的赞颂。

西方的传说是，亚当、夏娃因受蛇的诱惑，偷吃禁果，被上帝逐出伊甸园，夏娃悔恨的眼泪落地之后，开出的就是这洁白芬芳的百合。在西方，百合还象征纯贞的少女，隐喻圣母玛利亚。据《新约·马太福音》载，古代以色列国王所罗门的寺庙柱顶就以百合花为饰，故《圣经》说“百合花赛过所罗门的荣华”。《旧约·雅歌》则第一次以百合花比喻女人：“他的恋人像山谷中的百合花，洁白无瑕。”难怪俄国诗人普希金要视百合花为永不凋谢的美和生命力的象征。

一些百合花与人民生命攸关的故事则出自民间。在美国印第安人聚居的犹他州，古代有过一次大饥荒，印第安人的玉米颗粒无收，饿殍遍野，逃荒的人四处寻找野百合充饥，才避免了种族的灭绝。该州因之有了一个有趣的立法：不论什么时候，都严禁在长有百合的地里打仗。

在南美智利，人们尤喜红百合。据说智利原来只产白、蓝百合花。1541 年西班牙殖民者入侵之后，在南方的阿拉乌加，三万多爱国志士因被叛徒出卖，在一次战斗中全部壮烈牺牲。第二年，在烈士鲜血流过的地方，长出了一片艳丽的红百合。1810 年智利宣布独立，以红、白、蓝三种百合花的颜色为国旗的颜色，国徽上也镶有百合花图案，还把产地戈比艾的野百合定为国花。复活节期间，西方一些国家还以百合、三色堇和蔷薇组成花饰，显示高贵，祈求吉祥。

我国是百合的主要产地，有关百合的传说、诗文也比比皆是。《集异记》载：徂徕山光化寺，楼内住有一投宿秀才，夜读不寐，见一白衣美女，绝色姿容，邀之入室，女以身相许，临别以白玉环相赠，生目送其下楼入院，倏忽不见，次日见其消失处长出一枝百合，白花娇艳，楚楚动人，生疑之，然女所赠白玉环仍在。云云。

南宋诗人陆游晚年不得志，但仍乐观豁达。“更乞两叶香百合，老翁七十尚童心”的诗句，看出诗人对这种花的喜爱。

不论中国或外国，所指的百合花实际都只是百合属中的几种。从植物学的意义说，“百合”一词的概定，应是单子叶植物纲百合科百合属的总称。比如北方有一种形同百合而不叫百合的“山丹”花，也是百合属。“山丹丹开花红艳艳……”陕北、内蒙古草原都盛开这种花。春日里一片山丹花的红色海洋，对牧草生长极为有利。草原上的牧民常把女儿取名“萨日阿娜”，意即山丹花，可见牧民对这种花的喜爱。宋代的诗人们也非常喜爱这种花。苏东坡:“堂前种山丹，错落玛瑙盘……”杨万里:“春去无芳可得寻，山丹最晚出幽林……”看来早在宋代，山丹花在我国北方诸省已广为分布了。

严格说来，整个百合科还应包括假百合属、豹子花属中具有观赏价值的种类。全球百合共80多种，中国占46种，为全球最多。而云南又为中国最多，共20个种和变种。且云南百合无论色、香、形都是其他百合无法比拟的。以昆明为中心，从红河谷地、澜沧江畔到玉龙雪山、高黎贡山、点苍山都能见到很多野生百合的优良品种。清代植物学家吴其浚游遍大江南北，所见六种百合中，云南就有三种。且云南的百合得天独厚，开得酣畅恣肆。大理百合色纯白带紫斑，花瓣反卷如精美的花篮。一枝发花竟达30余朵。另有一种大百合，高可达六七尺，开花一二十朵，白色花冠长达尺余。如此奇葩恐怕只有在这个地球村的花园里才看得到了。百合，理所当然地成为云南八大名花之一。

花之可食者，莲庶几可与百合相比，但色、香则大为逊色。幼读周敦颐《爱莲说》，对莲的“出污泥而不染”很是赞赏，那么百合又该如何评价呢？

长自深山，美艳绝伦，更可贵的是内心也纯洁如玉，只是无言地把自己整个儿奉献出来。

于花于人，这哪里去找？

海棠依旧

小时候吃过一种野果子，味酸甜，大人说，这叫海棠果。

及长，在省城上学，时三月，在昆明圆通山见到一片深不可测的花海，游人一进入便淹没了。那花，也叫海棠。

再后，于花鸟市场上，见栽于盆中的串串缨珞似的红花，其中红而面绿，洒有银点，即秋海棠，是不计在内的。因秋海棠是一种草本花，又称“银心海棠”。

前些年还在昆明植物园见过另一种海棠：叶面毛茸茸的，花有鹅黄、艳红……极娇艳，上挂一小牌——茶花海棠。

海棠、海棠……依旧海棠。

蓦然想起李清照那首有名的《如梦令》：

“昨夜雨疏风骤，浓睡不消残酒。试问卷帘人，却道海棠依旧。知否，知否，应是绿肥红瘦。”

“海棠依旧”在这首词里本意是一夜“雨疏风骤”之后花朵无恙。我借用这句话的意思是发问：开花的叫海棠，结果的也叫海棠，草本的是海棠，木本的也是海棠，“海棠依旧”，这是咋回事？

于是便查书，便向专家求教，才发现人们习以为常的海棠还有那么多知识，让人思索。

民间把很多花叫海棠都没错，能正确指认者也不少。但为什么有的是草本只宜盆栽，有的是木本可成片成林？有的海棠能结实，有的海棠只开花？识者恐怕就不多了。

一种花同名，却木本草本兼而有之，这在花木中极为罕见。但于植物学上讲，木本海棠和草本海棠压根儿不沾边。

木本海棠在植物分类学上属蔷薇科苹果属。古今都说木本海棠有四种，但说法不一。有说即梨花海棠、垂丝海棠、白海棠、西府海棠。有的又说是垂丝海棠、西府海棠、木瓜海棠、贴梗海棠。不管何说，盆栽海棠，肉质多年生草本植物，分类学上是单科单属，即秋海棠科秋海棠属，学名 Begonia，源自法国一个植物学家的名字。

草本秋海棠全球多达 1000 余种。姹紫嫣红，有观花者，有赏叶者，有花叶俱佳者。其花素白、鹅黄、艳红，娇嫩柔腴，有质感。或迎秋风怒放，或四季零星着花，如竹节海棠、四季海棠。有的兼具香味，如香花海棠。赏花海棠其叶面更为多样，有底红面绿者，有绿面银星者，色彩斑斓，变化多端，形状有心形、掌形、扇形、镰形、枫叶形……老辈人上小学，第一次接触中国地图，老师便会告诉你，它像一张秋海棠叶。这是谁都忘不了的。

花朵一美丽，常常附丽一些爱情的传说故事。秋海棠也不例外。秋海棠名始见于《本草纲目拾遗》："相传昔人有以思而喷血阶下，遂生此，故亦名相思草。"《广群芳谱》又称它为"断肠花"，说的也是有个叫"贵棠"的男人秋天出海一去不归，年轻的妻子日日倚门眺望，知其客死异乡后，肝肠寸断，终日血泪斑斑，郁郁而亡。泪堕处遂长此花，色娇艳如少妇面，乡人奇之，呼为断肠草，又叫秋海棠，以纪念秋日出海未归的贵棠云云。

这叫我想起西方人称为“情人草”的勿忘我。有人说这两种花都是“情天奇种”。

“相思草”也好，“情人草”也罢，毕竟是传说，是故事，只能是当今生活在幻想中的年轻人的一种精神寄托。对于市场，美丽的花都是钱，花越美丽就越值钱。秋海棠因其很高的园艺欣赏价值，英国、美国、加拿大、澳大利亚、日本一些有名的植物园都辟有秋海棠的专类栽培园，争相进行杂交，培育出新品种。英国格拉斯哥植物园收集秋海棠种类达 500 种之多。全世界已培育上千个品种。于是各国纷纷成立协会研究，创办会刊交流，美国秋海棠协会（简称 ABS）创办的会刊就叫《秋海棠》。这株传说中从中国土地上长出的“相思草”，却给外国人带去滚滚财源。说来不信，以花卉为支柱产业的荷兰，其培育的茶花海棠（秋海棠的一种）年销售额高达 2.6 亿美元！

我国秋海棠资源丰富，栽培历史可追溯至宋代，但品种不多，始终发展不起来。盖因中国的士大夫们历来不齿稼穑商贾，留下的便只有对花木的一些诗词书画。秋海棠之艳丽，宋代诗人陆游好几首诗中都有赞美。“枝枝似染猩猩血”，“猩红鹦绿极天巧”都是名句。清代诗人高士奇《南柯子·咏秋海棠》——“嫩碧丛新叶，嫣红缀小枝，笼烟浥露更多姿。闲倚疏阑，偏称晚凉时”，画出了一丛秋日盛开的秋海棠。清末女侠秋瑾不作女儿态，她眼中的秋海棠是另一种个性：“平生不借春光力，几度开来斗晚风”，刚直不阿，又让人对这柔弱的“情种”刮目相看。

秋海棠不仅可观花赏叶，云南临沧、镇源等地产的天葵海棠，广东叫“紫背天葵”的，叶片烤干粉碎后可作清凉饮料，味酸而甘甜。这一点古诗词中均未提及。

至于李清照的名句“试问卷帘人，却道海棠依旧”，千百年似乎也没有人问过这是木本海棠还是草本海棠。我可以肯定地说：这是蔷薇科苹果属的木本海棠而非秋海棠。道理很简单：木本海棠花期短，突然盛开，很快凋零，引起多愁的诗人伤感是很自然的事。而“雨疏风骤”是典型的春日气象。红花吹落了，只剩绿叶，所以诗人才纠正侍女：“知否，知否，应是绿肥红瘦。”

较之草本的秋海棠，历史上木本海棠的名气更大。历代文人对木本海棠都情有独钟，咏海棠的名家名句俯拾皆是。究其原因，一是木本海棠灿若云霞，开起来气势非草本海棠可比；二是那短暂花期使诗人词家更加怜香惜玉。《广群芳谱》载：“其株修然出尘，俯视众芳，有超群绝伦之势，其花丰丰，其叶茂茂，其枝甚柔，望之绰约如处女。”这是对木本海棠的准确描述。欣赏草本海棠的陆游对木本海棠更是赞不绝口，“蜀地名花擅古今，一枝气可压千林”写的就是木本海棠盛开时的气势。陆游甚至秉烛夜赏海棠：“贪看不辞持夜烛，倚狂直欲擅春风。”爱海棠已到如痴如醉的程度。

不独陆游，苏轼也照样。“只恐夜深花睡去，故烧高烛照红妆”写的就是海棠。他谪贬黄州时，常与秦少游一道赏海棠，咏海棠。苏东坡在黄州住定惠院，为一株海棠写长诗，自认为是平生得意之作。此后不少诗人争相吟咏海棠，欲与东坡媲美。袁士元有七言诗：“海棠睡起春正美，花貌参差玉人似。主人吟赏夜不眠，直欲题诗压苏子。”

海棠中的西府海棠更是有名。据说晋代产于安徽西府。它花红，叶绿，果美，清代诗人张氏咏它“似笑如颦百媚生，临风映日态轻盈”。清代北京西直门外极乐寺有一株，花开时游人如织。慈禧知道了，硬叫人移到颐和园乐寿堂院内，成为皇家独有。颐和园成为公园后，老百姓又才得以欣赏到这株名花。

但木本海棠中的冠军，还要数垂丝海棠。所谓“垂丝”，是指 4—6 朵的伞状花序，配上一枝 2—4 厘米细弱下垂的花梗。花重瓣，色白或红，梗紫，一丛丛倒挂枝头。宋朝诗人洪适赞曰：“脉脉似崔徽，朝朝长着地，谁能解倒悬，扶起云鬟坠？”崔徽，唐代一著名歌妓，与才子裴敬中相爱，钟情不贰，分别后请画家丘夏为其画像寄裴敬中曰：“崔徽一旦不及画中人，且为郎死。”不久果积郁成疾而亡。唐代著名诗人元稹为此著有《崔徽歌》传诵一时。洪适在这首诗里把垂丝海棠比作病中的崔徽无心梳妆，秀发倒垂着地。诗人问：谁能把这不幸的女人披落的头发重新扶起成鬟呢？既是借花喻人，表达诗人的同情，也是对垂丝海棠最形象最美丽的描绘。

垂丝海棠的确是海棠中最美的。“海棠盛于蜀，秦中次之”，指的是一般海棠。垂丝海棠在内地较稀罕，彩云之南的云南却常常见到。春日盛花，灿若云霞铺地，《滇中记》这样描绘：“垂丝高数丈，每当春时，鲜媚殊常，真人间尤物。”

要看垂丝海棠，于三月初登昆明圆通山最佳。是时樱花、海棠同时盛开。樱花是一嘟噜一嘟噜的，也艳丽，也繁茂，但枝叶间有空隙，不像盛开时的垂丝海棠林子，如海，如潮，再多的人钻进去，都被花潮吞没了。在那短暂的花期里，每天公园门口的人流如过江之鲫，仿佛全昆明人都倾城出动看花来了。看花人脸上的表情都欢乐，都赞叹，一派盛世如花的样子，十天半月后，落英缤纷，花落了，人走了，圆通山又恢复了它往日的寂静，海棠树下只有打太极拳的一份悠闲。

海棠依旧。

所不同的是，面对一枝海棠、一树海棠，古人竟留下那么多千古绝唱，而没有留下他们培育的海棠新品种。今人培育出很多海棠新品种（尤其秋海棠，在昆明植物园已达七十余种），而且正讨论着如何利用云南野生海棠优势出口创汇，遗憾的是再也听不到关于海棠的那些动人故事，再也写不出吟咏海棠的传世之作了。

时代就是如此的不同。世界就是如此的变化。

海棠依旧?

当然，古诗人中也有拒绝写海棠的。杜甫就是一个。他居蜀中而不写海棠，后人为此说他“子美无诗亦寡情”。其实他老先生是为亲者讳——他的母亲名字就叫“海棠”。

个性独具的花朵

花和人一样，也有个性。人缺少个性，就显得很一般，很平庸，虽也有四肢五官，很快就消失在人海中了，记不住了。花也如此。只具共性而无个性的，常见的颜色，常见的形状，不会给人留下深刻印象。反之如杜鹃的辉煌、兰花的高雅、云南含笑的清纯、中国鸽子花的奇特…… 见过一次就忘不掉。

绿绒蒿，就是一种极富个性的花朵。

这种花对于大多数人恐怕是闻所未闻，见所未见。可在植物学界、园艺界，她名气大得很！奇花异卉数不胜数的云南，选美似的，又把她从众多美丽的花朵中选出来，成为“云南八大名花”之一。有专家甚至把她尊为“世界名花”，可见其很不一般。

见过虞美人（罂粟科的庭园观赏花）那艳丽、妖冶姿容的，可以想象一下绿绒蒿了。她们有“血缘”关系，同属一个科——罂粟科，花朵因此也相似。我是在1999年昆明世博会期间第一次在世博园一睹绿绒蒿的芳容的。我的感觉是，虞美人再艳丽，给人的感觉仍有一种不正的妖冶。而绿绒蒿艳丽，却是品性纯正，甚至有点柔弱之感。假如把她们拟人化地比喻，则一个像是烟花场中的尤物，另一个是深山中突然出现的纯贞美女，会让人蓦然地惊喜。

这是一种植株高二寸至五尺不等的花。全球49种，中国有38种，分布于藏、滇、川、青、甘、陕、鄂等省，其中又以西藏和云南最多。云南有20种，全部生长在这地球村花园最辉煌的区域——滇西北海拔3000米以上的高山和更高的雪山草甸。颜色有紫蓝的优雅绿绒蒿，鲜黄的黄花绿绒蒿，紫红的美丽绿绒蒿或玫瑰红、粉红、白色的琴叶绿绒蒿等等。种类不同，花形亦各异。有的基部叶丛如莲座，从中抽出花葶，一丛数葶，一葶一朵；有的则茎上着花，成一总状花序。花瓣为4—10瓣或更多。那一丛丛硕大、斑斓的花朵，配以椭圆、卵圆或如长柄汤匙，或分裂如琴形的叶片的绿绒蒿，怒放于冰天雪地，其奇美见者无不赞叹叫绝。

看着一丛着花的绿绒蒿，觉得她是那般艳丽迷人而又柔弱可怜，很难想象她所生存的那严酷的自然环境。3000米以上的高山绝非温室，滇西北5000米以上的雪山冰漠更非一般植物能生存下去的：搅天的风雪、强烈的紫外线辐射、贫瘠的薄土、大起大落的温差……被喻为“岁寒三友”的松、竹、梅，恐怕只能在庭院里“傲霜斗雪”。要她们像绿绒蒿这草本花卉似的在雪线以上生根开花也不行。木本植物这儿已经不长了，长在这些地方的草本植物为生存需要，也在风雪面前匍匐于地，成垫状生长。唯有绿绒蒿凛然不屈，仍然站着，高昂起她美丽的脸庞，在大风雪里，在寸草不生的砾石滩上迎风吐蕊，灿烂地绽放她的微笑。这柔弱的花朵何以如此顽强？为战胜狂风，她努力地把根穿过岩石隙缝往地里扎。她的根的长度要超过植株高度的好几倍，而且粗壮坚韧，既无法使狂风连根拔起，又有利于充分吸取营养和水分。为抵御冰雪严寒，所有种类的绿绒蒿叶片上都长有一层绒毛，概莫能外地穿上一件毛茸茸的外衣，“绿绒蒿”亦因此得名。

看似柔弱，实则刚强，这种柔中有刚的个性于一个美丽的女人、于一种美丽的花都是很迷人的。

绿绒蒿还是一种甘于寂寞、恋乡恋土的花。在人迹罕至的高山上，她开花了，凋谢了，又开花了……哪怕没有人，甚至没有一只蝴蝶欣赏她的美，她照样自己开花给自己看。她的花朵是为大自然而开放的。她不在乎是否有人赞美。一旦把她请到庭园里，专供人欣赏，她要么不开花，要么以死抗争。倔犟，又是这种花的另一“个性”。正因为这样，这种美丽绝伦的花真是“养在深闺人未识”。历史上很多文人雅士吟咏过、画过不少花，却从未听说为绿绒蒿吟诗作画的。直到今天，除植物学家、园艺家之外，便是在知识界知道这种花的也很少，更别说能一睹芳容。昆明世博园里的绿绒蒿勉强开花了，那也是在人工模拟的高寒生态环境中，始终没有自然环境中开得那么鲜艳而有活力。要想看到最美的绿绒蒿，还得到生她、养她的高山上去。

但也有说早在100年前西欧人就不远万里，把她带回欧洲驯化为庭园栽培的花朵了。我对此将信将疑。因为绿绒蒿是个性很强的花，在她的故乡云南，如何使其从高山下到平坝，在自然环境中生长，现在也还在研究。在欧洲庭园中能栽培，如属实，恐怕是在气候寒冷，生存环境和云南高山冰漠相似的北欧。

万历年间的云南巡抚邓渼深为唐以来美丽的云南茶花“不经题咏”、“沦落无闻”而不平。实际上明清还是有吟咏茶花的诗文，不多就是了。而吟咏赞美绿绒蒿的，确乎一篇也没有。牡丹，几千年来被古文人，被今媒体炒得大红大紫，却是盛名之下。相比之下，这似乎不公正。但只要想想当今一些名实不符的精神产品，一些物质产品，一些什么“星”之类，不也这样，一朵小花又算得了什么呢？

民间又有民谚云：“一娘生九种，种种不像娘。”意思是说，血缘相近如兄弟姐妹，也未必都是相似的。在植物里似乎也如此。雪山绿绒蒿与庭园中栽培的虞美人同属于罂粟科，却完全不一样。罂粟即鸦片。很多人知道，全世界如洪水猛兽般的海洛因即从罂粟中提炼出来。罂粟科中的虞美人植株和花朵酷似罂粟，只是她的细小的果实里含的白色有毒液体几近于无。而罂粟硕大的果实里则富含这种白色液体，收取之后便是鸦片，再提纯便是海洛因。同是罂粟科的姊妹花绿绒蒿，也结类似罂粟的果实，但开裂方式不同。“体液”是黄色的，不仅无毒，其中的全缘绿绒蒿（丽江叫她黄芙蓉）、尼泊尔绿绒蒿全草入药，有清热解毒功效；总状绿绒蒿根入药能补中益气，可治气虚、哮喘，故当地人称她为“红毛洋参”、“雪参”。

既是美丽绝伦的奇花，又是功效卓著的良药，几千年过去却隐匿高山，少有人知，没有得到应有的承认，这很不公正。但她照样年年开花于雪山冰漠，毫不在意。

自然，花朵无知，不会想人的事，但人有知，会想花的事。

绿绒蒿就让人想很多。

飞翔的爱

被称为“中国鸽子花”的珙桐，在全世界一百多个国家和地区都被当作名贵观赏树种广为栽培，在它的故乡中国却鲜为人知。我也是几年前才在昆明植物园一睹它的芳容。看见鸽子花，才会又一次赞叹造物主的伟大：它什么形状的东西都能创造出来。

珙桐是一种高大乔木，树高可达 20 米。开花时两片（也有三片）长 7—15 厘米的洁白的大苞片仿佛白鸽的双翼，那棕色的头状花序又像鸽子的眼睛和嘴巴。微风起处，白羽翩翔，确实像一群竞飞的白鸽。

这种花连周恩来也是 1954 年 4 月才在日内瓦第一次见到。当时他正在日内瓦湖边散步，见到路两侧盛开的珙桐花如一群飞翔的白鸽。他惊于那美丽的形状，停下来仔细欣赏。随行的人告诉他，这叫“中国鸽子花”，来自中国。这更使周恩来大感惊奇：中国的城市里怎么见不到这美丽的行道树呢？

这被称为“中国鸽子树”的珙桐的确长在中国。它是第二纪孑存的植物，在第四纪冰川时大部毁灭，躲过劫难者残存在中国的四川峨眉山、湖北神农架、贵州梵净山、湖南张家界和天平山海拔1200—2500米的森林中。在云南西北部的维西、贡山、兰坪，东北部的镇雄、彝良、水富等县某些阴湿阔叶林中也可以找到这些“白鸽”栖息之地。在植物分类学上，珙桐系单科（珙桐科）、一属、一种。这很罕见。加之树种的古老，它被植物学家称为“活化石”、“植物界的大熊猫”，属国家一级保护植物，可见其珍贵。

珙桐英文名为Davidia involucrata，是用一个叫“戴维”（1826—1900年）的法国传教士的名字命名的。1886年戴维在四川穆坪首先发现盛开的鸽子花。上帝怎么把伊甸园里这奇特美丽的花朵给了中国，而不是信仰基督教的欧洲呢？他惊异又不解。随着戴维回国，“中国鸽子树”的消息不胫而走。1903年，英国园艺公司决定派一个叫威尔逊的人来华采种，带回英国后居然繁殖成功。

从此，“中国鸽子”便飞遍世界，成了珍贵的观赏林木。

外国人可以为一粒种子不惜远涉重洋，而作为珙桐原产地的中国，如果不是周恩来曾经问过这种树，恐怕照样“养在深闺人不识”。据说当时周恩来问：“为什么我国原产的鸽子花在欧洲早就引种栽培，花开得那么好，而在国内却很少见到？”

便是总理上世纪50年代早就这样过问，我国直到改革开放的80年代才在各地园林部门引种栽培它，这又是为什么呢？当然是长期“以阶级斗争为纲”的治国方针的结果。天天忙于人斗人，谁有心思管什么“鸽子花”。

80年代后，国家教委统编的《初中生物学》终于第一次采用了鸽子花做封面，国人——特别是后代才算认识了我国的山林中还有这么个宝贝。

此前，只有珙桐生长的地方才知道这种树。云南的维西人叫它“酸枣子”，傈僳人叫它“蜡比子”，贡山怒族人叫它“欧拉”。他们都知道它花好看，树干高大，木质又好。在湖北秭归，甚至还有关于珙桐的民间故事。

传说汉代王昭君远嫁塞外的匈奴国王呼韩邪单于，

因思念故土，思念亲人，常常写下一封封家书让白鸽带回她的故乡——湖北秭归。一只又一只白鸽飞越千山万水，飞到秭归附近的万朝山下，疲惫不已，停在一株巨大乔木上，突然一夜风雪，白鸽冻僵枝头，化作了美丽的花朵，宛如白鸽的精灵。

还有一个传说是，古代一个皇帝，有个独生女儿叫白鸽公主。公主不爱门当户对的皇亲国戚，偏偏看上了一个叫“珙桐”的勤劳勇敢的农家小伙，并折断一根碧玉簪各持一半，誓不二嫁。国王知道后勃然大怒，为使公主死心，他杀了珙桐。公主闻讯悲痛欲绝，穿上白色孝服，逃出宫来，在珙桐受害处哭得天昏地暗。突地，在泪水浇洒处长出了一株形同半截碧玉簪的嫩芽，转眼之间长成一株大树。白鸽公主知道这就是她的珙桐，便一头扑了过去。白鸽公主撞死树下，树上霎时开出了形同白鸽的花朵。树和花从此成为一体，永不分离。

伟大的爱情常常会创造出奇迹。王昭君为了自己的祖国，远嫁塞外，成了中原汉民旅和北方游牧民族之间友谊的纽带。远离故土，远离亲人，王昭君自己大约不是心甘情愿的。这是一种牺牲。这种牺牲似乎通过传书送信的鸽子的死暗示出来了。而白鸽公主的殉情更是明白无误地为爱而献身。两个传说都体现了一种古老的东方哲学思想：爱是一种奉献，这种牺牲是不朽的。

现实生活中又何尝不是如此呢？

郑州一个叫张家勋的人，在郑州航空工业管理学院搞园林管理工作。航空工业和园林管理，一个天上，一个地下，压根沾不上边。他本人也非在对口的科研单位，按说管好学校里的花木就完全可以算是尽职尽责了。偏偏张家勋不满足，当他了解了珙桐这一珍稀植物和周恩来50年代的愿望生前得不到实现，便决心为珙桐的栽培、繁殖做出贡献。在1972—1985年间，张家勋先后六次到湖北神农架、贵州梵净山、四川大小凉山和云南维西、贡山等地考察鸽子花的生态环境和生长习性，最终得出了我国共有6个省36个县生长珙桐的结论。更为可贵的是，通过他的大胆尝试和科学管理，居然把只生长在海拔1200米以上阴湿森林中的鸽子花树引种到海拔只有103米的郑州平原，为这种珍稀植物的进化、繁殖做出了贡献，他因之获得河南省科技进步奖。一个在航空工业部门的人做出这样的成果，没有那点奉献精神是不行的。

如果没有张家勋六次跋山涉水深入高山密林考察，不可能把群群“白鸽”引入平原；如果没有那个叫威尔逊的英国人为一粒种子远涉重洋来到中国，今天“白鸽”也不会飞遍全世界。张家勋和威尔逊都不满足于城市那舒适的然而平庸的生活，偏要自找苦吃。姑不论他们各自的目的，这种奉献精神总是植根于爱的——起码是对事业的热爱。

对事业的爱也罢，对故乡、亲人的爱也罢，或者，纯粹是男女之爱，毕竟使大地生长出了一种美丽的花朵。在传说中是如此，在现实中也如此。

因之，白鸽带着人们对和平的热爱和愿望而迅速飞遍全世界也就是一种必然了。

彩云之南的笑靥

我认识山茶花自野山茶始。那是学龄前吧，依稀记得不如意便哭闹。有时，刚好碰上叔叔们上山砍柴回来，柴担子上总要顺便摘几枝盛开的山茶花或映山红。祖母牵着我的手走过去取下花。

祖母说："别哭了，山茶花开，过几天就过年了。"

祖母说："别哭了，看这花朵儿都在笑你呢。"

花朵还能笑？我便盯着看，看她们怎么笑，我想，花朵一定也知道要过年了。

祖母说花朵笑了，这是给孩子讲的童话。但自那以后，看见茶花，我便想到那深深的笑靥。这种对美的凝视和想象，是祖母留给我的心灵礼物。

最先认识的云南山茶当然是那种粉红的、小朵的野生山茶。这种野山茶，至今每年岁末昆明街头都有卖的。

家庭主妇们喜欢买了瓶插，一插半个多月，自有一种山野的清芬，给城市中的斗室带入一种别的插花所没有的野趣。

及至到昆明上学，始在春城各名胜古迹看到真正的、人工培育出的各色茶花，如杯大碗大，丰腴娇艳，却不知其品种。读杨朔那篇有名的《茶花赋》，才第一次听说有一种叫“童子面”的茶花。此后调昆明工作，有机会去了几次植物园，大开眼界，增长了不少见识。

就植物学上的“科”、“属”而言，云南山茶属于山茶科山茶属。山茶属拉丁名为 Camellia，据说来源于 16 世纪一个捷克传教士的名字。为什么要以他的名字命名山茶？也许这个传教士来过中国，带山茶花种苗回到欧洲？中国是山茶属的起源地和分布中心。全球山茶属 120 种，中国有 95 种，云南有 39 种，占全国种类的 41%。从植物学上讲，“山茶花”这个概念，广义是指山茶属的观花品种。它又分五类：第一类叫华东山茶，又称日本山茶、川茶、小茶花，灌木类；第二类即云南山茶，又称滇茶、南山茶、大茶花，乔木类；第三类叫茶梅，灌木，产江浙一带，特点是秋季开花，虽小，却有香味；第四类，即野生山茶和栽培的白花油茶和红花油茶；第五类是金花茶，花多黄色，以广西为多。这五类中，毫无疑义云南山茶是最美丽的。园艺专家们经多年栽培，已繁殖出一百二十多个品种。

云南山茶是一种常绿乔木，在自然状态下生长，可高达 10 米以上。这样的老山茶云南有好几棵。比如巍山县巍宝山有一株“桂叶银红”，高达 17 米，枝干挺拔俊秀，着花时如翩翩美少年。而楚雄紫溪山自然保护区的一棵老茶花，高 10 米，基围 2.85 米，经我国茶花专家冯国楣教授鉴定，树龄在 600 年以上！我有幸在它盛花季节看到那壮丽的姿色。这不是小盆小景，而是数百朵如茶杯大小的灿烂红花绽放在一株巨大乔木上，恐怕除花王杜鹃之外，只有云南山茶才有这种气势了。

人工栽培的那就名目繁多了。有熊熊如火焰者，有纷纷如落蝶者，有晶莹如白玉者，什么“松子鳞”、“童子面”、“恨天高”、“胭脂”、“玛瑙”、“楚蝶”、“紫焰”……光听听这些名字就够吸引人的。

茶花以红为基调。粉红、桃红、艳红、紫红，也有红白相间，或白中透红的。

花形也越变越多，并不单一。单瓣类有喇叭形、玉兰形；半重瓣类有荷花形、半曲瓣形；重瓣类有蔷薇形、放射形、牡丹形。

“童子面”初开时白中透红，如儿童的面颊，故名。三日之后，渐变为纯白，晶莹如玉。如果是九蕊十八瓣，则叫“雪狮子”，最是罕见。“松子鳞”色银红，花瓣柔腴如绢；“紫焰”色深紫红，几近黑，也甚稀奇。还有白中带红的，花瓣如玛瑙，大理民间把它叫“猪血拌豆腐”，下里巴人味，却更具生活气息，更为形象。“恨天高”不仅花大色艳，且是茶花中唯一矮化品种，老干苍虬，而又花繁叶茂。

但最最有名的恐怕还要数有“茶花王”、“环球第一花”之称的丽江玉龙雪山下玉峰寺的“万朵茶”了。这株茶花植于清康熙三十九年（1700年），快三百岁了。据《云南名木古树》记载，此花原株为红花油茶，靠接“雪狮子”（狮子头），接活后砧木未剪除，红花油茶和“狮子头”两种花形交错并开，从立春至立夏，开花二十多批，共约万朵，所以叫“万朵茶”。盛花期约三个月，数千朵花开在一树，全球绝对找不出第二棵。盖因这三百年来，驻寺历代喇嘛小心呵护，更重要的是采用丽江纳西族棚架曲枝的传统园艺手法，乘嫩枝柔韧时就将枝条绑在棚架上，使其长势横向发展，否则，数千朵陡然开放，再高大的乔木也要压折。随着丽江旅游业的发展，“万朵茶”名气越来越大，驻寺喇嘛视为镇寺之宝，精心浇水施肥，终日值班守护。云南民族学家黄惠昆为现今护花人，法号慧净的喇嘛赠句云“慈悲护万朵，慧净定一根”。语义双关，且得佛家真谛。丽江种植茶花也是一种传统，徐霞客游丽江就在“木家院”见过另一棵古茶花，很遗憾“茶花尚未全舒，未见灿烂之妙”。但这树茶花“盘荫数亩，高与楼齐”，可以想见开起花来，像徐霞客说的，也会是“火树林霞”。

云南各地的公园，茶花是首选必植的名贵花木。云南的寺庙更是没有不种茶花的。且著名茶花均生长在名寺古刹的庭院内。除玉峰寺的万朵茶之外，还有昆明西山太华寺的“松子鳞”、黑龙潭的“恨天高”、巍山巍宝山的“桂叶银红”等等。此外大理苍山、宾川鸡足山、楚雄紫溪山、武定狮子山、通海秀山的寺庙里，几乎都种植有茶花。

佛寺里为什么喜欢种茶花？

幼时读《西游记》、《封神榜》这些神话小说，写西方极乐世界，我佛如来给坛下诸菩萨、罗汉讲经，每到精彩之处，则“天雨花”。就是说，花朵像雨似的飘落下来。这是多么美丽、圣洁的景象啊！后来读书多了，才知“天雨花”典出《法华经》：“佛说法，天雨曼陀罗花。”原来天上飘落的是曼陀罗花。曼陀罗花又是什么样子，没见过。及至多年后到昆明植物园参观，见一茄子状的灌木，开钟形淡紫花，主人告知，此为曼陀罗花。觉得并不怎么出色，回来查阅书籍，说它“一名风茄儿，一名山茄子，生北土”，“多刺，性有毒，止咳嗽，过量则能致死”，总为大慈大悲的释迦牟尼讲经时纷纷飘落下的竟是毒花而大惑不解。

不久前，读明代王象晋所撰《群芳谱》，突然发现那么几句：“山茶一名曼陀罗，树高丈余，低者二三尺……以叶类茶，又可作饮，故得名。”

这就对了。

看来，“曼陀罗”有两种，一是作为药用的有毒的曼陀罗，另一种就是《法华经》写到的佛家的“曼陀罗”，也就是美丽的山茶花。“天雨曼陀罗花”当是山茶花无疑。也只有山茶花那五彩缤纷的花朵，才能与我佛如来在西方极乐世界讲经时那瑞霭祥云、香气氤氲的气氛般配。

不管历代各寺庙的僧人在栽下一株株山茶花时是否知道这就是真正的“曼陀罗”花，在春节前后盛开的这种花朵，一片祥和，给我们的节日锦上添花，因之，说它是“吉祥花”、“如意花”是十分贴切的。

或问:“山茶”何以“名茶”？王象晋《群芳谱》也道出原因:“以叶类茶，又可作饮，故得名。”山茶的叶子当茶喝？什么味道？这倒从没听说过。但既能作饮料就可断定它是无毒的。

比之于牡丹、梅花等等，写茶花的诗文毕竟不多。明代以后文人雅士们才惊喜地发现这蛮荒之地的奇葩。那位酷爱茶花的巡抚大人邓渼为此深为不平:“因考唐人以前，此花独不经题咏，以僻远故，不通中土，遂使奇姿绝质，沦落无闻。”事实上茶花早在唐代光化年间即有种植，只不过不在中土，而在遥远的云南。南诏中兴二年（899年）创作的《南诏图传》，宫庭园林中就有茶花，整个南诏——大理国时期（8至13世纪）云南山茶已是宫廷园林必须栽培的重要花木。当时称“瑞花”，民间叫“橙花”。到了元明，更加繁盛。据史料记载，明洪武十六年（1383年），大理感通寺住持高僧无极和尚到南京朝拜朱元璋，献上的就是白马和云南茶花。明太祖大喜，想是茶花花期长，带一盆活的去，朱元璋见到的竟是一盆怒放的茶花，且叫“瑞花”，当然龙颜大悦。

至此，云南茶花名声大噪，在云南逐渐形成了昆明、大理、楚雄三个栽培中心。新品种也不断培育出来，传入内地。清康熙年间（1673—1681年）云南茶花传到日本。这是云南茶花进入世界之始。日本把它叫“唐椿”。据有关史料记载：1677年、1739年、1792年、1820年，云南茶花多次进入英国，进而进入欧洲庭园，伦敦、巴黎的绅士、淑女都争相一睹芳容，为其娇艳、华贵而叹为观止。敏感的小仲马（1824—1895年）很快以此花为他的新作命名，那就是不朽名著《茶花女》。20世纪初叶，英国皇家植物园又专门派人远涉重洋到云南腾冲大量搜集云南山茶种子。美国和新西兰则在1948—1949

年到云南引种。新中国成立后，随着对外交往的日益扩大，云南山茶又传到苏联，远至阿尔巴尼亚，靠近云南的东南亚许多国家则更是近水楼台先得月。如今，1999年昆明世博会面对全世界，毫无疑义，那些尚未引种云南山茶的少数国家，必将把昆明的这朵市花带回去。云南山茶在我们这个星球的每一个角落都将大放异彩。

清代云南著名诗僧担当和尚在咏及茶花时有诗云："冷艳争春喜灿然，山茶按谱甲于滇；树头万朵齐吞火，残雪烧红半个天。"

"山茶按谱甲于滇。"是的，就全省说，云南山茶确实首屈一指，也可算省花。从山野到庭园到处都有她的踪迹。当每年冬雪覆盖大地之时，她便在这个地球村的花园里，最先向世界人民展现她深深的笑靥——云南的笑靥。从儿时到现在，我认为山茶是最具云南乡土味的花朵。

醉人的仲夏夜

袁水拍在50年代写过一首描绘西双版纳仲夏夜的诗："十三条壁虎守着四围的墙 / 美人蕉探进了开着的窗 / 远处的月光大雨般下 / 枕间颤抖着一万双鲛绡的翅膀。"

袁水拍其人与诗，总的评价自有专家论定。就这四句诗而言，我以为是好诗。我当时读后就一直没忘记。主要原因是他所描绘的西双版纳的夏夜我很熟悉。我在那里度过了17年。确实如此。这不是杏花春雨的江南，不是"燕山月似钩"的塞外。墙上为什么有壁虎（今天的星级宾馆里恐怕见不到了）？热带夏夜昆虫特别多。美人蕉在西双版纳都种在窗前或阶下，几乎是四季开花的。而空气透明度很高的月色，远看，确实如"大雨般"白茫茫一片。这样的夜晚躺在床上，还能听到千万只鸣虫在振翅。短短的几句诗里有动有静，有声有色，观察非常独到和细致。唯一不足的是，诗里没有写到西双版纳（包括瑞丽）夏夜里那醉人的花香——浓郁、多样、不绝如缕。这是别的气候条件下难有的，更非今天空气严重污染的城市所能享受得到。

任何季节的傍晚——尤以仲夏夜，不管是“七八个星天外”，或如雨月色倾盆，走进一个傣寨，伴着虫鸣的便是花香。花香是不断变换的。有时是芒果花香，有时是柚子花香，虽然看不见它们的花朵，如果你熟悉，你会随着香气的变化，判断自己是走进芒果园了，站在柚子树下面了。傣家人喜欢用陶罐栽一丛晚香玉在阳台上，夏夜端个小竹椅子坐在竹阳台上纳凉，这时扑鼻的又是晚香玉的馨香了。一忽儿蟋蟀叫，一忽儿纺织娘叫，一忽儿金钟儿叫……一忽儿几种虫虫一齐叫。花香也如此。夜风一忽儿带来芒果花香，一忽儿带来柚子花香，一忽儿又是晚香玉的幽香。香气也和虫鸣一样，忽儿单独，忽儿混合，说不出到底是什么花朵的香气了。

有时，虫鸣还和远处河水的哗响、微风掠过树梢的沙沙声交融在一起，就是所谓“天籁”吧。那么，仲夏夜里那些混合在透明的空气中的透明的香气呢？恐怕要叫“天香”才最准确。

西双版纳的仲夏夜，有些香气是我所熟悉的花朵散发出来的，有些香气是“闻”所未“闻”，见所未见的。这些奇特的花朵不是长在土里，而是插在大姑娘、小媳妇的发髻上。在月影斑驳的白沙小路上，一个汲水的傣家姑娘走来了，空气里随即飘过一种从未闻过的特殊香味儿。五六十年代，寨子里要是放露天电影，你会在一群群吃吃笑着的女孩身边嗅到不同的香味，其香型无法归类，绝非“合成”、“提炼”之后的法国香水可比。这些花的香是纯天然的，叫人想到的是山野里那不受污染的阳光、空气和雨露，想到叮咚的泉水和蓊郁的森林。

我曾请姑娘们把她们头上戴的花朵让我看看。当然是些我所没见过的。只记得一种为黄白色总状花序，小朵小朵的花，细长的花蕊一根根从花中探出，一枝有几十朵。另一种花蕊如鱼子状，很像棕榈花，但要小得多。这些傣家女孩说，这些花都采自泉边、林下。

离开西双版纳几十年了，从此也就再没闻到这些花朵的清芬。不久前，从一本资料上看到一些热带野花的照片，回忆起几十年前见到的傣家姑娘头上插的花朵，有一种有点相似，学名叫“毛姜花”（Hedychinm villosum）。至于那花蕊如鱼子状的，则翻遍手头有关资料终无所获。

记得我50年代初期在昆明上学，天要比现在蓝，云要比现在白，水要比现在清。在小巷深处，在古色古香的四合院里，有时也会飘来缅桂、米兰的馨香。现在的昆明，汽车尾气、灰尘弥漫在市区上空，你要是站在远山看市区，灰蒙蒙一片。生活在这种空气里，有时会闻到汽车尾气、各种化学涂料、添加剂和焚烧塑料、橡胶的刺鼻味道。1999年昆明世博会的举办，使得树多了，花多了，绿地多了，整个环境显然比过去净化了。但几十年前西双版纳那如水的月光，凉爽的夜风，醉人的花香——那仲夏夜之梦，始终像一幅画深深地印在我脑海里，永远不会忘记。

我相信我们的城市终有一天也会变成那个样子的。

万花之王

如果让大家来选万花之王，很多人只会想到牡丹。这是因为自唐明皇、杨贵妃偏爱牡丹，李白为之赋诗以来，至明代李时珍《本草纲目》写下“群芳品中，牡丹第一，芍药第二，故世谓牡丹为花王，芍药为花相”，便奠定了牡丹“花王”的基础。但这种看法是很贵族的，又是很世俗的。不论从一种花卉的总体评价看，还是从植物学的观点来看，真正的花王非杜鹃莫属。

最权威的依据是：中国三大名花，杜鹃名列榜首。第二是报春，第三是龙胆。就杜鹃之美，在我国分布之广，有人甚至建议选她为国花。这种排列，这种选择不是由谁说了算，而是我国植物学界的共同看法。早在20世纪30年代，我国已故著名的植物学家秦仁昆先生根据毕生的研究，第一次提出“中国三大名花”的排行榜，半个多世纪以来得到国内外植物学界的普遍认可。当然，在杜鹃的故乡云南，她也就成了云南八大名花的第一名。已故著名植物学家蔡希陶先生认为云南、四川、西藏接壤的广大山区，是全世界杜鹃花的中心。《云南植物志》第四卷所载及近年的研究还表明：全世界杜鹃约960种，我国有541种，而云南就有360个种和变种。说云南又是世界杜鹃花“中心的中心”毫不夸张。这个庞大家族的老祖宗们在云南的高黎贡山，至今仍健壮地活着。

杜鹃花到底有多美？为什么在姹紫嫣红的万花中她首屈一指？我们先从她的“根”说起，从千百年来生长在高黎贡山原始森林里的杜鹃花的老祖宗说起。

上个世纪初，英国职业采集家傅礼士曾多次进入云南采集珍稀花木标本、种苗，如报春、龙胆、百合、绿绒蒿等等。尤其杜鹃，多个品种被他一一成功引入英国爱丁堡皇家植物园。他不仅盗种、盗苗，甚至贪得无厌地盗树干。1919年，傅礼士又一次深入到高黎贡山西坡，看到他称为“杜鹃巨人”的大树杜鹃，一朵朵如碗、如盘的红花缀满枝头。他惊呆了，恨不得连根拔起，移回皇家植物园。想到英国王室、贵族、植物学界虽没有眼福看到开花的“杜鹃巨人”，他也要让他们为这棵树的树干惊诧得合不上嘴。于是，这家伙居然雇了人，砍倒了这棵高25米、胸径87厘米、树龄达280年的“杜鹃巨人”，拦腰锯了一段圆盘状标本带回国去，陈列在伦敦大英博物馆。这果然引起了观众，尤其是植物界的巨大轰动。英国人居然不知羞地扬言:“这里是杜鹃花世界中心。”

30年代，年轻的植物学家蔡希陶来到云南。他决心要在云南找出更多的杜鹃花品种，特别是大树杜鹃，来回答英国人。皆因地址不详或季节不合未能找到，更重要的是新中国成立后他把主要精力花在了发展云南的橡胶事业上，无暇顾及于此。但他却非常郑重地把这件事交代给他的同事冯国楣教授。冯先生为此两次赴滇西调查，终于在中缅边境的腾冲县界头乡上河头村原始森林中找到了世界已知的“杜鹃花王”。此后，腾冲县林业局又在界头乡找到整整一片杜鹃花老寿星，其中一株高27米，胸径3.7米，树龄630年！英国人终于闭嘴了。

再说杜鹃的花朵。因她那艳丽的红色，古希腊人给她取了个很漂亮的名字:“玫瑰树”(Rhododendron)。“玫瑰”而成“树”，倒也道出了她的特点。至今杜鹃花的拉丁文 Rhododendron 正是来源于此。其实杜鹃花不仅只有一种玫瑰红，她堪称五色斑斓，流光溢彩。这不怪古希腊人，因为大多数人见到的杜鹃多是玫瑰红的。其中分布最广，最具代表性的当属称为“马缨花”的一种。那是由十来朵钟状花冠组成的花团（花序），每朵马缨花直径在 10 厘米以上，作纯正的玫瑰红。植物学家在腾冲县界头乡的山野中考察发现的那棵大树杜鹃更是惊人。其花序是由 20—24 朵长 6—8 厘米、口径 6 厘米的钟状花冠组成的，作桃红色。试想想，24 朵直径 6 厘米的“小花”（花冠）组成的大“花团”（花序），恐怕就相当于足球大小了！叶如翡翠，花如火焰，千百朵硕大花朵开在一株巨大乔木上，有哪种花有这样的气势？万花之中，只有她才具有这样的王者风范。如果十几株、几十株这样的花成片、成林，势如云霓铺地，地火烧天，其壮观、辉煌的程度，在万花世界中可以说无与伦比！加之此花在我国从北到南、从东到西广为分布，故还有人主张把她定为国花。杜鹃花的王者地位，早在唐代，大诗人白居易就极力主张了。他惊于杜鹃的美丽，说这种花只合栽在天堂里:“恐合栽金阙，思将献玉皇。好差青鸟使，封作百花王。”

可杜鹃花一直未被推选为花王，这在白族，也有个民间传说。

记得儿时，每到初春，家乡人都会约上亲戚朋友，带上行李、米、肉、活鸡等等到山里的温泉里洗温泉澡，白天采集野菜、野花，晚上就泡温泉，这是农家一年到头的难得休闲。这种时候，也是民歌、民间故事广为传播的时候。有一年去“下澡塘”洗澡，祖母指着那漫山遍野的杜鹃花告诉我，她本来应该是花王的，可到现在都不是，为什么呢？我摇摇头。祖母说，很古很古的时候，世上所有的花朵都集中到大理去选“花王”。杜鹃花当然也要去。她已经非常好看，用不着打扮了，可她还是忙着梳妆，想要打扮得更漂亮，结果到大理时，花王早选出来了，是山茶花。杜鹃花一气回到山上，从此就再不下山。祖母最后总结说:“为什么茶花家家都栽，最最漂亮的杜鹃花要大山上才看得到，就是这个道理。”

杜鹃花虽然没有被正式选为“花王”，她无可比拟的美是客观存在的。我从小就喜欢杜鹃花，常把一大朵鲜红的马缨杜鹃戴在额上，那钟形的小花冠里，有时还贮有蜂蜜，玩够了，还一朵朵从额上揪下吸蜜吃，一大朵马缨花杜鹃花序有七八朵小花组成呢。叔叔们还告诉我，在一座叫“志奔山”的大山上，全是这种花，开起来像野火烧山。红红的花映在一个大龙潭里，花朵、叶子掉进水里，便会飞来一对小鸟把它叼走。在我儿时，杜鹃花始终和美丽的童话和民间故事连在一起。她的硕大，她的鲜红，儿时便深深地铭记在脑海里。我想古希腊人见过的大约是马缨杜鹃，所以才把她叫“玫瑰树”。但他们还可以把她叫“黄金树”、“雪花树”、“蓝宝石树”，或干脆叫“天堂树”。盖因就色彩而言杜鹃除玫瑰红之外，尚有桃红的大树杜鹃、粉红的樱花杜鹃，还有黄色的金黄杜鹃、纯黄杜鹃，蓝色的紫蓝杜鹃、茶花叶杜鹃，白色的大白花杜鹃、大喇叭杜鹃，多色的山育杜鹃、优雅杜鹃、多趣杜鹃，一花杂色的杂色杜鹃、黄绿杜鹃、可喜杜鹃、云上杜鹃、紫玉盘杜鹃等等。一花一色，一花多色，白中带绿，红中夹黄，或以界线分明的斑点嵌、条块镶，或如彩虹般柔和地完成色彩过渡。就色彩而言，杜鹃堪称色彩纷呈，无奇不有。其中云锦杜鹃（又名天目杜鹃），外淡红而内黄绿，每朵花序由8—11朵钟形花冠组成，开花之时如一天云锦，并散发出阵阵幽香。但最美的还要数金顶杜鹃，雪样的洁白，冰样的晶莹，当金色的阳光照在花上，由于其无色和透明性能好，每朵花都金光闪闪，像是戴上一顶金色的皇冠，雍容华贵。明《云南通志》载：杜鹃花“有五色双瓣者，永昌（保山）蒙化（巍山）多至二十余种”。清张泓编纂的《滇南新语》更是注意到珍奇的蓝色杜鹃：“迤西楚雄、大理等郡盛产杜鹃，种五色，有蓝者，蔚然天碧，诚宇内奇品。”清道光年间的一个大官——云贵总督吴其浚喜欢花木，也作过一些调查，在其所著《植物名实图考》中还以一种既是官员、又是学者的权威口吻介绍云南杜鹃花盛开的情况：“荼火绮绣，弥罩林岩，有色无香，炫晃目睫，其殷红者，灼灼有焰，或误以为木棉，乡人采其花，熟食之。”应该说，对杜鹃花盛开时的景色，这位植物爱好者的描绘不乏文采，但说杜鹃花似木棉则是少见多怪，而断言杜鹃花“有色无香”，更是这位总督的无知了。他和古希腊人一样，以一孔之见就想概括国色天香，难免谬误。

天香，是的，天香！杜鹃花不仅有色，而且有香。如大果杜鹃、红晕杜鹃、褐叶杜鹃、薄皮杜鹃、宝兴杜鹃等等，都有一种似麝若兰的淡淡幽香，有的甚至可以提炼芳香油。

论及花之受人喜爱，无非色佳、形奇、香雅。具其一者已不多，二者兼具就更少，三者皆有就只有这万花之王杜鹃了。

便是她的枝干也美不胜收，有伟岸挺拔的，有矫若游龙的，有葱茏繁茂的，有枝叶扶疏的。她不孤芳自赏，还具有我们民族的那种凝聚力：一长就是一大片，且非常坚强。在杜鹃花林里，其他植物休想插足。现在我们可以这样设想了：有这么一种花，家居盆栽，其叶油润翠绿，其花灼灼然如玫瑰，一开便是两三个月，只要一盆便满室生辉。在大自然中，在海拔 800—5000 米的高山或低丘，尤其在海拔 2800—4000 米的滇西北高山冷湿地带，她枝柯交错，浓荫覆地，繁花朵朵，硕大无朋，或浓妆艳抹，光彩照人，或淡抹缟素，冰清玉洁，五彩缤纷而又芳香宜人。红者如烛天火炬，白者如玉树临风，三五株，数十株乃至方圆十余公里全是这种花。如潮如海，汹涌澎湃！其独花足以使牡丹相形见绌，其群体气势更无一种花可与之比拟。这种大自然罕见的壮丽景观之酣畅恣肆，铺天盖地，使得一些须眉皆白的老植物学家看到都不禁为之激动得老泪纵横。

已故诗人徐迟，是一位见多识广的学者，他是这样描述杜鹃花的：

> 每当春天来临，牧场、田边、湖畔、高山、草甸，到处都盛开美丽的杜鹃花。万紫千红，一直开到夏秋之间。只见大自然抖开了丝绸，甩开了彩缎，大幅大幅地铺在中国大地上。它们覆盖起一座一座山峰，使整座山峰都穿上了剪裁合身的最时新的艳丽的衣衫和裙子……生物界里，包括美丽的飞禽、美丽的昆虫、美丽的少女，无不被这植物世界里最美丽的杜鹃花激起了嫉妒之情。

徐迟也感叹：“世界上最美丽的花朵恐怕就是杜鹃花科的杜鹃花了。”（徐迟：《生命之树常绿》）

今人如此赞美她，那么古代的诗人们呢？清康熙年间汪灏等人编撰的《广群芳谱》中就有自唐代以来关于杜鹃花的故事及文人雅士吟咏杜鹃花的诗文。举凡李白、杜甫、白居易、元稹、杜牧、苏东坡、杨万里、辛弃疾，直到杨升庵、李元阳等等，无不为之吟诗赋词，或直接赞美，或借景抒情，连康熙皇帝看到此花也龙颜大悦，也要吟上几句。倘一一旁征博引，未免迂阔，且录下李白脍炙人口的《宣城见杜鹃花》："蜀国曾闻子规鸟，宣城还见杜鹃花。一叫一回肠一断，三春三月忆三巴。"回想儿时背诵这首《宣城见杜鹃花》最好记的就是"一叫一回肠一断，三春三月忆三巴"一句。它的对仗实在是太完美了，而对前两句中"子规鸟"何以对"杜鹃花"却不甚了了。长大后，才知道"子规鸟"就是布谷鸟，又叫杜宇，也就是杜鹃。"杜鹃"同时又是鸟，又是花，为何？传说杜宇本是古蜀国一个皇帝的名字。《华阳国志》载："鱼凫王后有王曰杜宇，七国称王，杜宇称帝，号曰望帝，会有水灾，禅位其相开明，升西山隐焉。"《成都记》："杜宇死，其魂化为鸟，名曰杜鹃，亦曰子规。"春天布谷鸟四处飞鸣，叫声响亮而不断，传说，是望帝的灵魂思念故国而悲鸣。它一直要叫到嘴里出血。后人因有“杜鹃啼血”一说，说它停在一株树上啼叫，血染红了花，于是这种花也叫“杜鹃”。古人说“昔日蜀帝之血化为鸟，鸟兮啼血复为花”，即指此。杜鹃啼血的故事既反映了人们对故乡土地和人民的强烈感情，同时表达了人们对春天的向往，这是一个多么美好的故事。当然动物学家可以说，这是杜鹃迫切求偶的声声呼唤；植物学家可以说，杜鹃鸟的血染红杜鹃花之说是可笑的。但是，人们在看到满山万紫千红的杜鹃花，听到杜鹃鸟声声叫唤的时候，只会想到附丽于“杜鹃”（不管它是花或鸟）的同样美丽、动听的故事；只会想到“休须名苑看春风……清溪倒照映山红”，“花中此物是西施”，“如此繁花天下无”的好诗句，而绝不会想到枝头的杜鹃鸟马上就要交尾了。

唐代大诗人白居易恐怕要算最喜欢杜鹃花的了。他为此曾赋诗八首。“闲摘两枝持在手，细看不是人间有”，活画出诗人喜爱和专注的欣赏神态。在杜鹃花盛开的季节，“闲摘两枝”于牧童、樵夫、村姑是很常见的。云南彝族有个插花节，就是在马缨杜鹃盛开的春天，随摘随插于家门口、墙头上、路边、马驮上，青年男女则采花互赠。山间郊野，人人手持鲜花，欢歌劲舞。据彝族民间传说这是为了纪念一位叫“咪伊鲁”的美丽姑娘。咪伊鲁艳如一株山野中白里透红的杜鹃。正当她和一个勤劳勇敢的青年相爱时，不幸被土司看上，强行抢走，她思念情人却无法逃出，决定以死相抗，佯装顺从，置毒花汁于酒中，最后与土司双双同归于尽。后人在百花盛开的春天四处“插花”，实际是献花，是对天祭奠这位坚贞的姑娘，同时寄托自己对忠贞不贰的爱情的向往。

但我和彝族老作家李乔谈到他们民族的这个美好的节日时，乔公认为，各族的节日，从民俗学的角度，大都是有一个美丽的传说与之共同流传。但是在最初形成的过程中，古人总会有一个实实在在的目的。他认为插花节实际就是各族皆有的春游。《论语》对此早有记录：

“暮春者，春服既成，冠者五六人，童子六七人，浴乎沂，风乎舞雩，咏而归。”

我同意这种观点。想到白族（彝族也有）的火把节，其实际意义是察看禾苗长势，祈愿丰产的一种农事，久而约定俗成。李元阳《云南通志》里对此就有所记载："六月二十五日，束松明如火炬，照田亩，以火色占农。"但老百姓总要把它和民间故事"火烧松明楼"联系在一起，彼此附丽生辉，相得益彰。

是纪念咪伊鲁也罢，是青年人春游踏青也罢，总之，那漫山遍野的杜鹃（马缨花）营造出的这浓浓的春意，恐怕才是人人载歌载舞、相互赠花祝福的主要原因。

清吴其浚《植物名实图考》一书认为杜鹃花可食，"乡人采其花，熟食之"。昆明春天的农贸市场，卖一种煮过一水的"大白花"，回家一炒即可食，味鲜，香而柔嫩，是最纯的不受污染的绿色食品。"大白花"是否就是白杜鹃？尚待求教专家。如杜鹃花科中的某种杜鹃花可食，则此花无论色、香、形、味，皆为上品，有哪种花能与之相比呢？

但杜鹃花中的黄色杜鹃似有微毒或某种麻醉作用。滇西北碧塔海有"杜鹃醉鱼"的奇特景观。在杜鹃花盛开的季节，杜鹃花装点的高山和牧场紧紧环抱着湛蓝的碧塔海，山风过处，落英缤纷，杜鹃花朵朵飘落湖面，鱼儿喋喋争吮，不久，不知是花朵或花粉的作用，一条条细鳞鱼儿便晃晃悠悠，飘飘然、昏昏然翻起肚皮。漾舟湖面，伸手捡来便是。鱼儿只是“醉”了。天蓝云白，春水船如天上坐；叶绿花红，山色胜似梦中游。泛舟碧塔海上，把沉醉于花朵的鱼儿一条条捞起，这完全是安徒生童话了。然而美丽、神奇、丰富的云南确实如此！

鱼儿为什么会“醉”呢？查阅南北朝陶弘景的《本草经集注》有一说：“羊踯躅（黄杜鹃），羊食其叶，踯躅而死。”可见黄杜鹃有毒。那么其他杜鹃花呢？权威的《本草纲目》中，李时珍这样说：“杜鹃花一名红踯躅，一名山石榴，一名映山红，一名山踯躅……高者四五尺，低者一二尺……枝少而花繁，一枝数萼，二月始花，花如羊踯躅而蒂如石榴花，有红者、紫者、互出者、千叶者，小儿食其花，味酸无毒。”可见除黄杜鹃之外，其他杜鹃花是无毒的，甚至可以是美味佳肴，如白杜鹃——“大白花”。

便是黄杜鹃，我怀疑也非毒，而是麻醉作用，否则碧塔海“杜鹃醉鱼”就不叫“杜鹃醉鱼”而应叫“杜鹃毒鱼”了。鱼因花而“醉”肯定是当地各民族世代观察的结果。这和陶弘景《本草经集注》“羊食其叶，踯躅而死”的说法其实是一回事。陶弘景不说“昏迷而死”、“抽搐而死”，而说“踯躅而死”。“踯躅”即徘徊的同义语，也就是在一个地方来回走动。这不是“醉”态是什么？当然，过量的麻醉也会死的。

看来，杜鹃花中的黄杜鹃，确有一种轻微的麻醉作用。

我由此想起黄杜鹃的又一“秘闻”。

上世纪70年代初，来自丽江的一位纳西族诗人曾神兮兮地告诉我，黄杜鹃还是一味很好的催情药。果如此，想是黄杜鹃某种类似乙醇的成分作用于下丘脑及脊髓神经，在飘飘然的状态下同时产生性的兴奋亦未可知。“飘飘然”于鱼、于羊，已证明是真的。那么于人呢？是否同样，甚至还激发情欲？姑妄言之，姑妄听之。是耶非耶，只有等有兴趣的药物学家去科学地研究、论证了。就权且作为一种生物资源信息吧，没准还能研制出中国的伟哥呢。

爱因斯坦说过：“神秘性是世界上最美好的事物之一。”因为神秘可以使人探索而导致发现。云南，我们地球村的花园里，这万花之王的杜鹃已经够美好的了，其中的黄杜鹃又如此神秘，哪能不诱人、迷人、醉人呢！

三种花的美丽答案

我对花朵知之甚少。在书本里读到某种花，却不知它的真实形象是什么样子；在生活中看到一些很喜欢的花朵，又往往不知它的名字——特别是植物学上的名字。有些花就只是在传闻、歌谣中出现，书本和现实生活中都对不上号，得花时间去印证。

《离骚》就出现过一些花朵的名字。只是因它的文字比唐诗古老，难读懂，对诗中提到的花朵就不去深究。但那盎然的诗意是能领会的。比如“朝饮木兰之坠露兮，夕餐秋菊之落英”一句，一下子就把屈原那忧国忧民、超凡脱俗而又孤独的诗人形象深深地印入脑海。秋菊是知道的，它当然不可以当饭吃，木兰花上的露水更不可能那么多。其意在表达诗人灵魂的高洁。饮露餐菊确有点不食人间烟火的诗仙味道。

后来我一直想落实一下木兰花是什么样子。没有人给我指点。

玉兰花我倒认识。它的名气要比木兰大。昆明西山太华寺就有几棵。早春时先着花，后发叶。修长的树枝上净是小酒杯大的花朵、花苞，没一片叶子，显得高雅、纯净，用“亭亭玉立”来形容比较准确。寺内玉兰有紫红色和纯白的两种，叫“白玉兰”和“紫砂玉兰”。“玉兰”和木兰有什么关系？屈原喝的玉露是不是就是玉兰花上抖落的？没有再考。这是书本上读到的花和现实生活中的花对不上的第一个例子。

第二种花是先爱上现实生活中的，却又不知道它的名字。

那是春天，昆明街头在野山茶之后不久出现的一种花。花白色，并不以浓妆艳抹招人，只是透出一种淡淡的幽香。这种香，不像玫瑰那样有脂粉气，更不似夜来香那样腻得呛人。高雅的花香总有一种山野的气息，清淡而又悠远。城市化了的花朵难得有这种格调。如果来自山野的兰花数第一，这种花当属亚军了。问问买花人，说叫“白花”。再问卖花人，说叫“皮袋香”。这可是个不怎么好的名字，我宁愿叫它“白花”。在昆明尚未高速城市化之前，这种白色的小花朵常常是在一夜淅淅沥沥的春雨之后，第二天的小巷小街总能见到，叫人想起陆游那美丽的诗句：“小楼一夜听春雨，深巷明朝卖杏花。”

在后来的一次春游中，我总算得以一睹这种花朵的全貌：一丛一丛的翠绿灌木，花不是争先恐后地开在枝头，而是羞羞答答地开在叶腋。几个花瓣，白玉般细腻。黄蕊茸茸，中间一缕又作嫩绿色，素淡可人，让人想起那些纯朴的山村少女。而那未开的骨朵，全包着一层咖啡色的毛茸茸的壳，怪不得叫“皮袋香”。这花朵之素雅、清芬给我的印象是太深刻了！可它植物学的名字叫什么，仍是多年来没有弄懂。只好又备考。

大理名刹感通寺的龙女花则是出于民间故事，是我想寻找答案的第三种花。

传说古时一个叫赵迦罗的在此修行，洱海龙女变成一个美女来诱惑他，赵迦罗拔剑掷去，美女遁入地下不见了，随即庭院中长出一棵大树，开出硕大的洁白花朵，异香扑鼻，香闻数里。这也许是龙女对赵迦罗一心信佛的鼓励吧。

我有幸在感通寺看到这种花。一株巨大乔木，枝叶婆娑，花作纯白色，比白玉兰还大，蕊黄色，中间也有一缕绿心。徐霞客游感通寺时，这株花相当繁茂，“从根分挺三四大株，各高三四丈，叶长二寸半，阔半之，绿润有光，花大于玉兰”。当时的感通寺规模很大，后遭火灾，此花烧得只剩一棵主干，还活下来。真是万幸。《滇南虞衡志》载：“龙女花，天下止一株，在大理之感通寺。”《大理府志》也记录：“琼花难擅无双价，只树应堆第一丛。不独拈来迦叶[1]笑，当年曾献大明宫。”

为什么“天下止一株”呢？这使龙女花增添了几分神秘色彩。我又一次想弄懂这龙女花真正的学名。

为了要了解我们这地球村花园的主要花卉，我查阅了很多资料，在了解了别的花卉的同时，总算搞清了“玉兰”、“皮袋香”、“龙女花”的“姓名”、“籍贯”、“家庭主要成员”。

玉兰，民间和植物学家都叫它玉兰，木兰科植物的主要成员，有白玉兰、紫玉兰。紫玉兰就是有名的中药辛夷。其中的山玉兰则为这个地球村花园所特有的品

[1] 迦叶：释迦牟尼的弟子。

种，即中药厚朴。云南曲靖叫它“野厚朴”，云南文山叫它“大棚棚叶”。大花乔木，花朵直径15—20厘米。青白如玉，有清香，无俗艳。寺院里很喜欢种植，叫它“佛家花”。又因它是夜开昼合，有点像昙花。昙花是草本，没有什么香味，而且不耐风霜。此花是大乔木，花大叶大有香，优于昙花，故又名“优昙花”。昆明昙华寺、筇竹寺，丽江玉峰寺，巍山巍宝山寺庙中均有种植，树龄最大的一棵在洱海茈碧乡标楞寺，至今已有480岁。最珍贵的是红花山玉兰，1978年植物学家在云南牟定发现，已移回园中作珍稀植物栽培。山玉兰的繁殖靠种子出苗，但有的野生山玉兰不结子。植物学家经多年观察研究，终于成功地解开了这个谜，不久这种珍稀的红花山玉兰将会陆续进入庭园。

山玉兰是一种很好的行道树。昆明人民西路两侧已全部种上这种高大阔叶大乔木。春天的夜晚当满树洁白的花朵在一盏盏华灯下怒放，阵阵芳香伴着车水马龙在街道上流溢，不知会醉了多少行人。

皮袋香，真正的植物学名字叫“云南含笑”。这是一个多么富有诗意和情感的名字！丽江又叫它“十里香”，也非常准确。我认为这两个名字连在一起，叫它“十里含笑”会更加让人依恋。春天，这种绿色小灌木常常路边一开十里、几十里，花躲在叶腋下，那半开微吐、欲说还休的小模样端的楚楚动人，让人不忍攀折，颇似这红土高原上纯朴的山村女孩。当城里人挥手向她告别时，她仍然痴痴地站在那里，娇羞地微笑着，寂寞而又深情。说这种小花如此逗人喜爱，并非酸迂，是有客观事实的。它起码有以下四点不同于别的花。一是来自山野。当今吃喝的东西总要强调它的“绿色”、“纯天然”。花当然也一样。其二，色纯白，无俗艳。其三，香型高雅、纯正。民间“家花不如野花香”一说别作庸俗理解，在这儿恰如其分。最后也是最重要的，花不是开在枝头，而是叶腋。历来用花比美人，这开在叶腋下的白色小花羞涩得就像美丽的少女。她的美是躲藏的、羞涩的，古人也早就注意到云南含笑之媚人，《广群芳谱》有诗戏云：“试问嫣然或可卖，会须一笑值千金。深情厚谊知多少，尽在嫣然一笑中。”

云南含笑，植物学上也属于大兰科。

三种花现在有了美丽的答案：它们都是木兰科，广义上说，都叫木兰。这和中华民族包括很多民族是同一个道理。

木兰，泛指木兰科植物。据专家论证，全球有15个属，300种，中国有11个属，107种，而我们云南地球村的这个大花园里就有全部11个属，共58种。其占的比例又是世界第一。木兰科植物在这个星球上分布在亚洲、美洲温带、亚热带及热带。美国总统迎接国宾的南草坪就有几棵一百五十多年的木兰，很让白宫骄傲。但种类之多，资源之富，世界上任何一个地方都难以和我们地球村的花园相比。它们较多地集中在花园的南端，如红河州、思茅地区，东南边的文山壮族苗族自治州也有。有美丽花朵的有三个属——木兰属、含笑属、木莲属，统统纳入木兰科。

木兰科的花还有很多。有些广为人知，有些很稀罕，如黄缅桂、白兰花（白缅桂），花开时，昆明大街小巷有老太太用线穿好，论朵卖。女孩买了挂在胸前、床头，香好几天。

木莲属的木莲花就少有人知。它的学名滇藏木兰，也是高大乔木，开白色或粉红大花，香，广泛分布于滇中、滇西或滇西北温凉地带。大理白族自治州永平县金光寺木莲花山上有高达35米的木莲花古树。宣威东山乡芙蓉村有一株滇藏木兰，相传千岁以上，当地称它“千年玉兰”。

前面提及的感通寺龙女花自然也是木兰科植物，且古籍称“天下止一株”。可是为什么民谣：“下关风，上关花，苍山雪，洱海月”不说这棵龙女花，而要说“上关花”？偏偏上关无花。长期以来，这风、花、雪、月就四缺一。那么，“上关花”到底是什么花呢？估计不会是一般的花。遍查史籍，只有《徐霞客游记》中发现一点端倪。“游记”记述了他游上关（龙首关）时见到的“香闻甚远”的“十里香奇树”。徐霞客描述这株奇花“高临深岸，而南干半空，矗然挺立”。“十里香”者，滇西人泛指云南含笑、木莲。故植物学家考证，徐霞客见到的十里香奇树显然是木莲花，即高大的滇藏木兰。遗憾的是，上关的这株奇葩不知消失于何时。1996年，一些热心人据此硬是从永平县的高山上移了一棵木莲花种在上关徐霞客当年发现这奇树的旧址，现已繁花硕硕，吸引着中外旅游者，弥补了几百年来上关无花的缺憾。

“上关花”就是木莲花，亦即滇藏木兰。

屈原的木兰也可能就是滇藏木兰，当然也可能是玉兰或野生的含笑。这无法肯定，因为叫“木兰”的植物太多了。

木兰还是最古老的一类高等植物。像考古学家研究古猿有助于研究人类的进化史一样，研究木兰对植物的进化史也具有重要的价值。这是全球植物学家研究热点之一。

因木兰的古老，我们这个文明古国栽培木兰的历史也很久远。史称“唐宋以前，但赏木兰”。看来古人欣赏木兰其审美观显然和今人是一样的。一是花大如晶莹细腻的白玉；二是枝干挺拔清正；三是叶子苍绿朴实，落落大方。木兰有先花后叶者，亦有先叶后花者，都如此。

木兰科植物除供庭园美化、行道绿化之外，其花尚可提制高级香精。而属于木兰科的辛夷、厚朴是著名的中药。木兰科中的巨大乔木，木质细腻耐腐蚀，古人常用以制舟、浆，以示高雅。苏东坡《前赤壁赋》中传诵的名句“桂棹兮兰桨，击空明兮溯流光，渺渺兮予怀望，美人兮天一方”，证明那桨就是木兰制成的。用以制舟也有诗为证：“洞庭春水绿如云，日日征帆送远人。曾向木兰舟上过，不知原是此花身。”（《西溪丛语》）

我找到了玉兰、皮袋香、龙女花这三种花的美丽答案，还同时弄懂了另外很多花原来也是木兰科植物。它们同样是那么美丽、俊秀、芬芳。

狗尿花是不会入木兰科的。

“物以类聚。”植物中似乎也如此。

说梅

梅花和牡丹一样，在全国花卉中知名度恐怕是最高的了。全国少有人不知道梅花的。一是梅花遍植全国，大江南北、长城内外皆可生长，尤以江南梅花为甚。二是早有国人主张在梅花与牡丹之间选择一种作为国花，这更增加了它的知名度。三是历史上吟咏梅花的诗文可谓汗牛充栋，从这些诗文中也可认识梅花。

中国人之爱梅，主要是爱它于狂风暴雪中怒放，于万紫千红时消隐的生长特性。这一特性长期以来被诗人墨客人格化了。从《山海经》、《诗经》开始，此类诗文无法胜数。仅陆游一人咏梅的诗就多达一百多首。倘一一引用，就成了文抄公。我以为毛泽东“已是悬岩百丈冰，犹有花枝俏。俏也不争春，只把春来报”足以概括梅。

从梅本身和它的栽培历史看，中国人爱梅，自有道理。梅原产中国，是我国传统栽培的十大名花之一。四千多年前殷墟出土文物中的陶罐、铜鼎上就有梅花图案。竹简上还有“梅”、“元梅”、“脯梅”等字样。《西京杂记》说汉时上林苑中就植有同心梅、紫蒂梅。这是我国最早的梅花庭园栽培记录。此后延续不断。隋唐时代从宫廷到民间，爱梅、种梅、咏梅盛极一时。那时种下的古梅至今仍繁花似锦。最有名的是浙江天台山国清寺的隋梅。便是在边远的云南，昆明黑龙潭的唐梅亦是南诏时期所植。宋朝诗人范成大的《梅谱》是世界上第一部梅花专著。梅在中国的历史如此悠久，和梅有关的典故、逸闻、传说之多，牡丹庶几可与之相比。比如“望梅止渴”、“青梅煮酒”、“孤山梅隐”等等，一一道来，本文就是在讲故事了。至于和梅有关的成语，什么“青梅竹马”、“梅开二度”、“梅聘海棠”……也无须在此置喙。

值得一提的倒是一个存在几千年大家却都不太注意的现象：从植物学的角度看，同一种植物，在同一气候类型的不同国家是可以生长的。比如南美的橡胶、王莲可以长在中国的海南岛和云南南部；原产中国的茶树，则已长遍世界各地。植物学上此类例子非常普遍。唯有梅，除了在深受中华文化影响的日本和韩国长得很好之外，在欧美，具有和江南气候条件相似的地方也很多，甚至在同一个纬度上，可梅花就是长不好，有点像大熊猫。这是很有趣的。从这一点看，梅就很“中国”。

梅按用途分为花梅和果梅两大类。花梅只开花不结果，庭园种植的观赏梅花即此类。据说宋时只有 9 种，至今已发展到 231 个品种。按花色、花形，园艺家又把它分为江梅、宫粉、大红、玉蝶、朱砂、绿萼、洒金等。最名贵的品种是成都的“金线绿萼”。白花红纹，或红花白纹，花瓣多达 50—60 瓣。这种供观赏的梅花，北自山东青岛、武汉磨山，南至杭州孤山、无锡梅园、成都草堂……全国很多名胜古迹都有大面积种植。对那些居住在季节性很强的地方的人们来说，经历隆冬之后，看到一枝梅花、一树梅花、一园梅花于草枯叶落、冰天雪地之际怒放，内心的欣喜之情是很热烈的。华南的广州是热带，以往很多人没见过雪，因之也要把罗冈上盛开的梅花称为“罗冈香雪”，似乎也要通过虚幻的冬来感受那热带城市短暂的春意。

梅花的报春真给人“第一”的感觉。也只有“第一”，才更显出梅花的本色。“驿外断桥边，寂寞开无主”写的就是一树孤梅。贵在万木萧疏之际，仅此一株一花独放。陆游说它“无意苦争春”。“争春”又有何不好？只不过是别的花朵的事罢了。梅花是报春。一“报”一争，各尽其能。而就“报”春来说，贵在“第一”。所以我认为赏梅还是“驿外断桥边，寂寞开无主”的孤梅更有韵味，更能激起情思雅兴。冰天雪地，朔风冷雨，一树野梅，无主、无畏、无拘、无求，开得是何等自由、痛快。然而，千百年来中国的士大夫们对梅偏偏形成另外的一种审美情趣：最欣赏梅的古、怪、奇、枯。所谓赏梅诀窍有“三美”、“四贵”。即以曲为美，直则无姿；以欹为美，正则无景；以疏为美，密则无态；又贵稀不贵繁，贵老不贵嫩，贵瘦不贵肥，贵含不贵开。按这种审美要求，把一树自在梅花栽到盆里，恣意扭曲、剪刈，甚至还按主人的心愿，盘错成“寿”字、“福”字，置于庭院、厅堂。由此想到中国历史上的缠足。三寸金莲，小不盈握；欣赏把玩，盎然陶醉。把生命的扭曲变形看成“美”，这也是很“中国”的。

但梅子作为一种果实，加工成话梅、梅饯倒是深受国内外消费者欢迎。白族把梅子加以雕刻，再制成蜜饯，曰雕梅，味道甜、香、脆，为白族名特食品。家乡还有一种炖梅，乌黑酥烂，味酸咸，有梅子的浓香。置罐中经久不坏，口含少许，即觉遍口生津，乡里中女孩尤喜食。此物在别的地方我没吃过，对其制作办法亦不甚了了。只记得儿时母亲做炖梅时，先要用石灰水浸泡，然后加盐压入陶罐，在火灰上慢火炖好些天。为什么这般香，还加什么佐料就不太清楚了。至今回忆，只觉齿颊留香，馋涎不已。

花梅不结果，果梅花不艳。然又是得天独厚的云南可以使梅二者得兼，长出一种既开重瓣花，又能结硕果的花果兼用梅，这在全国也是绝无仅有的。盖因云南是梅的原产地和分布中心之一（余为四川、西藏），又是梅的遗传基因库，其资源和遗传多样性全球找不到与之匹敌的。野梅除滇南的某些热带地区之外，几乎遍布全省各地。古梅、名梅在全国也是最多的。檀萃《滇海虞衡志》（1804 年）记云：“红梅莫胜于滇……光怪离奇，集人间所未有。”由此可见一斑。我国著名植物学家、梅花专家陈俊愉从五个方面认为滇梅堪称全国第一。梅花之于中国像郁金香之于荷兰。全国第一当然也就是全球第一。

我喜欢梅花，但不喜欢梅花盆景。记得有次逛花鸟市场，见到花贩向一个老外兜售一盆梅花盆景，老外只耸耸肩，走了。我肯定他欣赏不来梅花那扭曲的“美”。梅至今未“走向世界”，是否也与此有关呢？

但要是在“驿外断桥边”，冰天雪地里，陆游的那树梅花蓦然出现，我敢肯定老外见到，也会大叫一声：

“Oh，very beautiful！”（太美了！）

水浮华盖　地涌金莲

华盖，古代帝王车上伞状的一种遮蔽物。这里说的“水浮华盖”，是漂在水面上的西双版纳的王莲。

在西双版纳勐仑热带植物园，能看到水面上静静地漂浮着一片片直径1—2米的王莲叶子，叶缘上卷，像帝王的华盖，又像硕大、细润的翡翠盘子，或者更像是傣家用新竹篾刚刚编成的大簸箕。再看那大花朵，直径达40厘米，或红，或粉，或白，在这些像华盖、像玉盘、像簸箕的大叶子中错落有致地点缀着。静静地，蜻蜓、翠鸟不时掠过，清风乍起，微波荡漾，比起欣赏陆上花卉，别是一种感受。

王莲（Victoria Lindl），在植物学上属王莲属，睡莲科。它原产南美的亚马孙河。西双版纳引种是改革开放以来的事。亚马孙河在我的印象中一直是个蛮荒而神秘的所在。不论植物和动物，都有些奇奇怪怪的东西。王莲就是其中之一。第一次见到王莲是在照片上。一个小女孩居然坐在叶子中央，王莲叶子稳稳地载着她浮在水上。我怀疑这照片是通过技术处理的。此后读到王莲的有关资料，那直径1—2米的叶片是所有植物中最大的。始信这大叶子确实可以承托一个小孩或一个身材苗条的少女。据说王莲最大的承载重量可达70公斤。

王莲叶质厚，茎短粗，种子具海绵质假种皮，内含丰富的淀粉。我一直在想，对于亚马孙密林里的大型食草动物比如河马，王莲肯定是美味佳肴。可为什么没听说河马喜欢吃王莲？后来查王莲的有关资料，才知道原来王莲那如巨盘的叶子背面，长有很多尖锐的刺，河马皮再厚，口腔里相对要娇嫩得多，它也怕扎。造化倘不如此，地球上恐怕就没有王莲了。这和没有抵抗能力的枯叶蝶要使自己像枯叶一样才能生存是同等道理。

临近漂浮着王莲的水边，草丛里不时还会见到另一种也叫“莲”的花朵，它金黄如莲座，一台台，盛开在坡地上。两种植物同样叫“莲”，实则风马牛不相及，一在水里，一在陆上，水里的王莲多少与“莲”有关，而长在陆地上的这种“莲”则完全属于单子叶植物纲，芭蕉科的一种。第一次见这种花，后来又得知它叫“地涌金莲”，我总以为是哪一位有诗情文采的植物学家给取的名字。又是有关资料告诉我，“地涌金莲”来源久矣。清《植物名实图考》这样记述：

> 地涌金莲生云南山中，如芭蕉而叶短，中心突出一花，如莲色黄，日坼一二瓣，瓣中有蕤，与甘露同。新苞抽长，旧瓣相仍，层层堆积，宛如雕刻佛座。

据专家考证，这金黄如佛座的花朵，正是佛像下面那朵莲花的原型。此说如何，不得而知。但广为流传的傣族民间叙事诗《千瓣莲花》中那圣洁的千瓣莲花即是地涌金莲，因之颇受小乘佛教信徒的敬爱，常作为礼佛的花朵。几十年前，我曾在缅寺里见过，当时不知为何种花，对那手臂似的茎和片片金箔似的叶子只觉新奇。

地涌金莲不仅傣族地区有，云南中西部海拔1500—2500米的山地也有见种植。彝语叫“阿德”、“嘎兜”。省外没有这种花朵，国外更是闻所未闻。一些来云南考察的外国植物学家在昆明见到无不啧啧称羡，说这是植物学上没有的新种，要定名为“昆明芭蕉”（Musa Kunming）。中科院院士，我国著名植物学家吴征镒把它分立为一个新的单种属 Musella，即“小芭蕉属”。由此可见地涌金莲绝对是云南才有的一大名特花卉。它在昆明世博园、昆明植物园、云南大学校园里已广为栽种。绿草丛中，这种色泽金黄、形状别致的花朵，一朵朵像地底涌出的图案，很引人注目。因其序柄粗大富含水分，其鲜切花可以作为基质，再插到水里，可保持 90 天。在其周围再插其他花朵，可以想象有多美。对插花艺术家，地涌金莲是他们创作的新源泉。无疑，崇尚插花艺术的国家（比如日本）是地涌金莲一个很大的市场。正因为这种潜在的经济效益，自 70 年代开始，野生的地涌金莲已纷纷引入庭园，已先后有日、美、英、德、泰、新加坡等国园艺家来云南考察并索取种子。

地涌金莲罕见，但不娇贵。它喜温暖阳光，可以粗放耕作，却又一年四季都能开花，且是裸露的山坡上一种很好的水土保持植物。它如何保持水土？是靠根？靠叶？或者靠贮水很多的茎？也许都需要。根系发达，才能很好吸收，茎粗壮，才能更多地贮存，而那和芭蕉一样的宽叶子，又能促进整个植株的光合作用，以利生长。

地涌金莲既是芭蕉一属，当然有芭蕉一样的叶子。窗前植几株，晴天阳光一照，可使“台榭轩窗尽染碧色”（李笠翁）而雨夜“点滴霖霪，似唤愁人”（李清照），那雨打芭蕉的声音会使枕上人别有感受。

据《滇南东草》记载，地涌金莲除供庭园观赏外，花还有止血收敛的功效，茎汁可解酒及解毒。

观赏、水土保持、药用，云南独有的花独具云南人的特点：很实在。

书及此，回到题目“水浮华盖，地涌金莲”，我很喜欢。它颇像对仗工整的一幅小对联，而且还有点意思：南美的王莲来这里落户了，和陆上的“莲”同一时空出现在人们视野里；而我们的名特花卉也越过横断山脉了，漂洋过海了，也许正和不同种属的花朵同时开放在不同国度。其中无不体现出大自然的一种包容，一种和谐。

和谐，就是美。凡美好的，总是和谐的。“水浮华盖，地涌金莲”是大自然的和谐，作为文字表现出来，当然也就和谐。

大自然的和谐是我们这个星球上一切和谐的基础。

地球村的花园

在茫茫宇宙中，我们居住的这个星球是多么伟大，壮丽啊！有晴空下闪闪发光利剑般直插苍穹的珠穆朗玛峰，有蔚蓝的，可以把这座高峰全部淹没的马里亚纳海沟，有黄色的撒哈拉大沙漠，有绿色的亚马孙大森林，还有雷霆万钧的尼亚加拉大瀑布……但从宏观的视角看——不必从银河系，更用不着从全宇宙，只从太阳系看，有如此雄伟景观的地球，也就是个小小的“村落”而已。人们把它叫做“地球村”。

村落里有花园。在大理，在丽江，村落里就有很多花园，那么人类居住的这个地球村，如果也有一座花园，它又在哪里呢？

在地球上飘拂着那片彩云的南方——云南。

说云南是“地球村的花园”并非诗意的想象，而是一个实实在在的科学结论。如果以“村”形容地球宇宙之小是准确的，那么以“花园”来比喻地球上这个姹紫嫣红的植物王国就更恰如其分了。遗憾的是，人们常常是从自己的视野、自己的角度来看周围的一切，我们目光所及有鲜花的地方并不多。在那些没有花朵的岁月里更是如此。便是现在，案头一枝红玫瑰于蜗居水泥匣子的城里人，已是一种奢侈的享受。成束、成片的花则只有在公园里才看得到了。这样，“地球村的花园”这个概念于植物学家、旅行家之外的绝大多数人便只停留在一种想象，或一种文本的认识、宏观的认识。

地球如此之大，那么，这座花园会是个什么样子？

这座花园很大，很大，很大！面积约为39.4万平方公里，位于北纬21° 19′—29° 15′，东经97° 39′—106° 12′。

这座花园里盛开着一些什么样的花朵呢？逐一罗列她们的名字，描绘她们的色、香、形，只有植物学家才做得到。但从统计学的角度，从几个总的数字便足以证明云南这块地方被称为“地球村的花园”是多么的当之无愧。

世界上，亚马孙森林的植物最多，但它却没有寒带植物；荷兰的花朵最多，却又只有温带花朵。只有云南，面积占全国陆地 4% 的云南，却拥有 16000 种高等植物，占全国高等植物的 1/2 以上。寒带、温带、亚热带、热带花卉这里都有，这是世界上任何一个地方所无法比拟的。

地形上，云南是一个从西北向西南、东南乃至东北倾斜的地形。最高点是位于滇藏间的梅里雪山最高峰——瓦格博峰，海拔 6740 米；最低处是河口市，海拔仅 76.4 米。在最高点和最低点之间，有三层大体呈台状倾斜的高原面，它的西北与青藏高原相连，南部靠近辽阔的海洋，来自青藏高原的冷空气和来自热带印度洋的西南季风以及来自太平洋的东南季风在这里交替出现，使这个南北直线距离仅为 910 公里，有高山、深谷、高原等复杂地形的省份，兼具了地球上从热带到极地相对完整的气候带类型，即热带、中亚热带、北亚热带、暖温带、温带、寒温带、高山草甸和雪山冰漠。在坝子里，常常是“一年无四季”，而在高山峡谷，又往往是“十里不同天”。在怒江、澜沧江、金沙江峡谷里，你可以常常看到这种景象：江边木棉火红，蝉声震耳，爬到山顶则是朔风怒号，大雪纷飞。这种独特的全世界绝无仅有的地理和气候条件，使得各类植物在有限的地域内达到了最丰富的程度。

于是，在西双版纳的葫芦岛上，你能看见只有在亚马孙河上才见得到的王莲。

于是，在昆明圆通山，你能看见日本富士山下那如漫天云锦的樱花。

于是，在滇西北的白马雪山、玉龙山、碧罗雪山、志奔山、苍山……你能见到各种五彩斑斓、如海如潮的杜鹃、龙胆、绿绒蒿、报春、紫堇、岩梅、垂头菊……见到这座地球村的花园最为壮丽的部分！

云南岂止有全世界寒带、温带、亚热带、热带的花卉，一部古老的地质史——5500万年前的印度板块和欧亚板块的碰撞，地中海的退却和喜马拉雅山脉的隆起，又使这片土地保留了非洲和古地中海的植物，如金合欢，如假紫草，如翼首花。另外，云南复杂的地形还成了许多植物在第四纪冰川免于被绝灭的“温室”。许多北方植物种类也南迁汇入云南。这种植物南北传播、交汇的态势，又使云南保存了许多孑存的“植物活化石”。横断山就是这样一个现代多样性的植物分化中心。只就花卉而言，独花报春、豹子花等等，就是新出现的品种。植物学家说，新物种还会不断出现，云南因此成了我们这个星球上最大、最丰富、最宝贵的植物基因库。通过自然的、植物区系间的，或人工的杂交培育，新的、前所未有的花朵还会源源不断地开放出来。

造物主对这块土地是太慷慨了！这个地球村的花园闻所未闻，见所未见的奇花异卉是太多，太多了！

赤、橙、黄、绿、青、蓝、紫，各种颜色的花，或一花一色，或一花双色，或花开五色，这儿都有。

甚至有罕见的黑色花朵：马耳山乌头。

甚至有状如大拖鞋的兜兰，状如水母的“水母雪兔子”，状如聚伞的“美丽棱子芹”。

甚至有花朵不是开在枝上而是开在叶上的“叶上花”。

甚至有闻歌起舞的“舞草”……

“美丽、神奇、丰富”，这是已故诗人徐迟先生对云南景观和资源的高度概括。仅就云南花卉而言，这六个字也十分准确。

看过云南的奇花异草，特别是滇西北高山上那汹涌澎湃的花海的人，才知道“美丽”可以到一种什么程度！

知道某些云南花朵的药物效用（比如雪上一枝蒿之于著名的云南白药），才会知道什么叫“神奇”。

而 4% 的中国土地却生长着全国 50% 以上的高等植物，这数字就足以说明其“丰富”的程度。

这美丽、神奇、丰富的地球村的花园里，那四时不断的奇花异草怎能不招来觊觎的眼睛？ 19 世纪 80 年代末，英国爱丁堡皇家植物园专门派出一个叫傅礼士的植物采集专家，不远万里，远渡重洋，多次潜入云南采集花木标本、种子等等。其中一次，他伙同一个法国神父进入高黎贡山，花园的主人们愤怒地把他们驱赶出来。法国神父被傈僳族的毒箭射死，傅礼士丢了标本箱，丢了随从、细软，也差点丢了命。但他贼心不死，那些西方人从未见过的花朵和由此带来的无比好处始终吸引着他。他居然一次又一次从大洋彼岸来到这个植物宝库里放肆地窃取，先后共采集植物 6000 多种，编了 3100 多号。其中最主要的是杜鹃和报春。

春天，当她们第一次在爱丁堡皇家植物园开放时，英国王室、贵族和绅士、淑女们无不为盎格鲁撒克逊人祖宗三代都未见过的这些宛如来自天堂的花朵惊呆了。他们决定第七次派这个冒险家进入云南。令绅士、淑女们遗憾的是，这次傅礼士把命赔上了，他客死云南，成了异乡的孤魂。

不要以为这个傅礼士是了不起的植物学家。不，我们只能说他是个盗窃我国植物资源的高手。他打猎、旅游，却还搞走那么多标本。原来，那些标本是他雇用的中国植物学家采集、分类的。据说至今标本箱上还有采集者的名字。

从英国皇家植物园开始，此后法、奥、德、瑞士等西方国家的植物学家也纷纷入滇。地球村花园里这些美丽的花朵便开遍了西方世界。进入这个花园的西方人神往地把它称为“园艺家的乐园”。当他们再看看自己那相形见绌的花园的时候，不得不说，“没有云南的花便不成其为花园”，恨不得把所有的花朵通通挖走。有些，他们确实已经搞走，但这个地球村的花园里也有他们永远带不走的与花朵有关的风俗和传说，它们和这些花朵同样的芬芳、美丽。

美丽、神奇、丰富的自然景观——我们地球村的花园！

美丽、神奇、丰富的人文景观——我们地球村的花园！

生命的激情

在西双版纳工作17年，绿叶比红花给我留下更为深刻的印象。因为这里到处是一片浓绿的椰林、芭蕉林、芒果林、橡胶林……每个傣寨都淹没在一片树海之中。一棵老榕树可以凭气根串成一片林子，一片凤尾竹林又如地底涌出的一簇簇喷泉，一片海芋叶子雨伞一般大，而水上漂着的王莲则像一张张翡翠圆桌。至于那遮天蔽日的热带雨林就更不用说了。不论从地上看，还是从天上看，绿色都是这里的基调。在这里，罕见其他颜色。

罕见，不等于没有。只是它常常被绿色包围了，融化了。在这里，想一枝独秀的花朵总是开得怯生生的。它没有必要开得那么娇艳。因为再平凡不过的花朵，总有那么多热带的虫虫给它做媒、授粉，它照样得以繁衍，把生命一代代延续下去。当然比起高山草甸那恶劣的生存环境中开放的花朵，其娇艳自然略逊一筹了。在那严酷的环境里开放的花朵，因为之传媒的昆虫很少，这些花朵要吸引昆虫，就得一朵比一朵开得艳丽夺目。

于是，热带花卉中罕有一枝独秀的。它们常常靠一种群体气势在绿海中展现，似乎不这样不足以抗衡那主宰大地的绿色。在西双版纳那绿色世界里，最令人难忘的是那些一开就是一大片的热烈花朵。

印象最深的是十二[1]版纳山野间开放的一种学名叫“羊蹄甲”，当地汉族叫“大白花”的花朵。第一次看到这种花是三十多年前干季的某一天，在一个爱伲山寨。时晨雾蒙蒙，像一块幕布正缓缓升向天际。变戏法似的，对面山上突地出现株株树冠一片雪白的高大乔木。一片片，绵延数里。蓝天中，一束金色的阳光透过云雾的缝隙直射而下照在树冠上，我这才发现这些花朵或纯白，或淡紫，或微红，都不着一片绿叶。一忽儿被飘来的薄雾罩住，一忽儿又镀上一片金色的阳光，显得美丽而又奇幻。春天日本富士山下盛开的樱花恐怕就是这样。莫非这里也有樱花？当晚，我与之“三同”的主人于晚餐

[1]“西双”傣语十二之意。

时上了一道菜：泉水煮的一种花朵，捞出后不放油盐，丢两个干辣椒在火塘里烧焦、研碎，和一种叫“金芥”的香料做成蘸水，再以花蘸这种调料吃。入口幼滑鲜嫩，有一种说不出的清纯，至今回味，仍觉齿颊留香。当时问主人，回答就是山间盛开的“大白花”。第二天我就专门到对面山上摘了一朵仔细观察。花大，粉白色，近轴一片花瓣有红丝状条纹，凭我的植物学常识，可以肯定它既非杜鹃，更非樱花。此后每年3至5月份，全州乃至临近的思茅地区在低、中、高的山上我都看到过。是时，这一带的山野常于午间弥漫着一片似烟非烟、似雾非雾的春霭，这千万朵大白花，一开就满山满谷。阵阵蝉鸣，山野愈显宁静；春霭氤氲，花朵更觉朦胧。这种大自然营造出的氛围一点儿人为的添加都没有，置身其间的享受永远难忘！很多年过去了，我终于从一个植物学家那里了解到这种“大白花”的学名叫“羊蹄甲”。我记起了它的叶尖中间凹陷，果然像羊的偶蹄、蹄甲，《植物名实图考》称它为“玲甲花”。

也许由此得名。与白花羊蹄甲同属的还有紫花羊。“玲甲花，番种也，花如杜鹃，叶作两歧，树高丈余，浓荫茂密，经冬不凋，夷人喜种之。”“番种”，“夷人喜种之”，可见羊蹄甲是一种颇具“民族特色”的花朵，大约源于东南亚吧，现广泛分布于云南这个地球村的花园的南部热带、亚热带中度和低度的山上，以西双版纳、德宏两个自治州为多。后来在昆明春天的菜市场上竟然也有来自山区的农民卖煮过一水的“大白花”的，我觉得奇怪，没吃。至今搞不清是可食的白杜鹃抑或羊蹄甲？莫非昆明附近的山上也有生长？

近查阅资料，始知作为湛江市花和香港特别行政区区花的紫荆花，原来和白花羊蹄甲、紫花羊蹄甲都是亲缘相近的姊妹花，学名红花羊蹄甲。花大而香。紫荆花——红花羊蹄甲，恐怕是三姊妹中的佼佼者了。

所有的羊蹄甲，都因其花大而美，花形如洋兰中的卡特兰，故英语名称 Orchid Tree，直译为“兰花树”。“兰花”而为“树”，可以想见有多美丽。特别是大面积开花的时候，可以和白杜鹃媲美。

这种展现群体气势的第二种热带花卉当属凤凰花了。我最初认识凤凰花是 60 年代初从《苏加诺总统藏画集》中看到的。依稀记得那幅油画只画了一株盛开的凤凰花：一株高大的乔木，没有一片绿叶，全是密密麻麻的红花⋯⋯整株树如熊熊燃烧的巨大火把，照亮了整个画面。花树下一片草地茸绿如茵，一些飘落的红花瓣，星星点点散布在绿地上，像是还在燃烧的小火苗。树下似乎还有个小女孩在抬头张望，她的小脸蛋也因之映得彤红。我当时惊异于世上竟有这样高大、炽热而奔放的花朵。此后不久，我终于在澜沧江畔一座用卵石垒成的欧洲传教士住的房子前面看到了几株盛开的凤凰花，它确实和画册里画的一模一样。那时西双版纳的凤凰花还不是很多。城市发展了，因它的美丽，随后几年，几乎到处都有种植。一些街道两旁行道树也选它。着花时，人呀，车呀仿佛就在一条红色的隧道里流动。要是在飞机上看，一条条街道恐怕就像地底刚喷涌出的灼热的熔岩流。

凤凰花也叫凤凰木。这种原产于马达加斯加的乔木花卉，是有名的热带观赏花木。不开花时，那羽状叶子随风摇曳，倒也婆娑有致。它因之有两个英文名字：Peacock Flower —— 孔雀花，大约指其羽状叶片有如根根孔雀翎毛；另一个名字 Royal Poinciana —— 皇冠蝴蝶，显然因其花如展翅的蝴蝶之故。其实，单朵或一枝凤凰花摘下来看感觉并不好。五个花瓣虽艳红，但太散、太薄，有点华而不实。只有当它是一株大树的时候，那热烈、奔放的气势一如燎原大火。广东人据此叫它“火树”，这更形象。

具备同样性格的热带花木中，木棉科中的木棉也很有代表性。这也是一种高大乔木，主干挺拔，带刺，分枝平展，不弯来拐去，显得干净利落。这种热带植物广泛分布于云南热带河谷和低矮的山上。全国其他热带地区也有。云南通称“攀枝花”，广东叫“红棉”、“英雄树”。花期在4至5月份，先花后叶。花如山茶，大而不密，殷红如锦，突兀无叶，加之挺拔有力的树干，毫不忸怩的树枝，正直而潇洒，确乎是植物中的英雄模样。

木棉花是花落后才发叶的。果实开裂有絮状物，那便是木棉絮，常用以充填枕头，远胜鸭绒；作织物，冬暖夏凉，传说中的木棉袈裟，为高僧镇寺之宝。

我认识木棉同样是在西双版纳。60年代干季的一个黄昏，罗梭江畔，时夕阳西下，红霞满天，在两岸的万绿丛中，罗梭江似凝固的翠玉晶莹如镜。沿江便是疏疏落落盛开的木棉花。红花染着红霞，又倒映在碧水里，偶有点点白鹭江面掠过，配以傣寨晚归牛群的叮咚牛铎声，这不受污染的世外桃源，也令我永世难忘。后来再见木棉是它絮花如雪的时候。拾起地下绽裂的果实，那洁白的、又亮又滑又有弹性的絮状物让我第一次把生活中的攀枝花和自然状态下的这种植物联系在一起，对它的花、叶、干、实，总算有一个完整的认识。

古今以木棉花入诗入画者不少，尤以岭南为多。梁伯彦："横空挺立冠群芳，百尺临江映艳阳。正是当春堪送暖，英雄不带脂粉香。"向明："浑身上气立苍穹，老干发花火样红。又是一年风景好，欣然热血写春容。"两首诗都不错。"英雄不带脂粉香"和"浑身上气立苍穹"写出了木棉花"英雄树"的形象。

热带花卉以一种群体气势来喷涌一种生命的热烈，不仅于木本植物，草本植物似也如此。70年代，我在德宏州与缅甸接壤的瑞丽，看到一种叫"炮仗花"的藤本植物。筒状橙红色的一串串花朵由高墙上垂下，亦是不见一点杂色，与其说它像炮仗，毋宁说更似飞流直下的红色瀑布。现代化大城市夜晚从高楼上垂下饰满墙面的串串彩灯庶几可与之相比，但还是缺少那种自然、变化的韵味。

至于植物学家经常提到的热带雨林中的“空中花园”，各种寄生兰和别的花朵在一株大树上互为依存又争相斗艳，姹紫嫣红，繁茂恣肆，使那些到雨林中考察的植物学家们也叹为观止。

热带花卉为什么多以一种群体气势来展现生命力的旺盛和炽热呢，我寻思，这可能有进化上的道理。一个土壤肥沃、雨量充足、阳光灿烂的自然环境，万物无不欣欣向荣，只满足于活下去是很容易的，但却难以发展。要出类拔萃，还得最大限度地展现生命的潜能、它的蓬勃的生机、它的旺盛活力——用喷涌的花朵，用肥硕的果实。这也就是为什么一些小草花在这些地方永远显得可怜兮兮，而另一些花朵却年复一年地开得那么光辉灿烂，酣畅淋漓，被更多的虫、鸟和人发现，并不断为它授粉、播种、移植，最终使这物种更其繁茂，更其发达！

“物竞天择，适者生存。”生存，然后竞争，优胜劣汰。进化论于植物、于动物、于自然、于社会都是同一个道理。

生命是懒惰不得的。

俏也争春

报春花，名字很好听，但能准确指认的恐怕不多。这是一种草本花卉。清《植物名实图考》对它的形象有很准确的描绘："报春花生云南，铺地生叶如小葵，一茎一叶，立春前抽细葶，发杈开小筒子五瓣粉红花，瓣圆中有小缺，无心。盆盎山石间，簇簇递开，小草中颇有绰约之致。"当看见这种美丽的花朵在草丛中随着春风轻轻摇曳，始觉"绰约"二字用得非常准确。

其实报春花并非仅只云南才有，也不是只有上述描绘的一种。全球共有五百余种报春花。中国占三百余种，是全世界报春花种类最多的国家。川南、滇北、藏东是报春花的发祥地，其中尤以云南为最多，约一百五十种。云南，又是全国报春花最多的省份！从每年立春前到夏秋之间，在林间、草地、溪畔、田埂、岩下，一簇簇，一片片，盛开着这种小草花。高约10—60厘米，叶有绒毛，如莲座状，花色多样，有紫红、紫蓝、大红、粉红、橙红、鹅黄、纯白等等。更美的还一花多色。花形也变化各异，有高脚碟状、伞状、穗状、球状等等。看报春花，最好的去处当然还是滇西北金沙江、怒江、澜沧江、独龙江之间的高山草地。那五色斑斓的报春花右一片红，左一片黄，前一块紫，后几丛蓝，像比赛似的，开得酣畅恣肆。蓝天白云下，处处绿地鲜花，简直不忍插足。这种美艳沉醉了不少人。一百多年前英国爱丁堡皇家植物园的傅礼士从传教士那里听说滇西北的奇花异卉，一次又一次远涉重洋，到云南采集标本、种子。其中报春花的标本、种子他弄走最多。现今西欧庭园中广为栽培的报春花都来自云南，通过杂交还培育出许多新品种。

其实，报春花并非中国所独有。另外约二百个品种分布在世界各地，比如高加索山区的欧报春、日本人叫的樱草，等等。只是全世界以野生为多，庭园种植的历史并不长。中国也许最早。据清《植物名实图考》作者考证，早在唐代中国即有盆栽，那时叫“长乐花”。《植物名实图考》认为“核其形状，当即此花”。唐朝一个不怎么有名气的诗人傅咸，在其《紫花赋序》中也提到“紫花一名长乐花，旧生于蜀”。查典籍，最早提到“长乐花”还可上溯至隋朝。《隋书·礼仪》说：“帝令乐正白明达造新声，有长乐花及十二时节等曲。”这么说，早在一千多年前中国不仅种植，还有作曲家为报春花写过曲子呢。

报春花（Primula）拉丁语意为“早春的花神”，也不知在西方最早的记载始于何时，何时移入庭园。如《植物名实图考》中考证唐长乐花即报春花一说属实，中国无疑是最早把报春花引入庭园的国家。奇怪的是，那以后史书中未见有其栽培记录，仅清代的这本《植物名实图考》记有“今滇俗亦以岁晚盆景”一句，似乎只有云南人的庭园有种植。这种早在隋唐就受皇家青睐的花朵，却不像牡丹、梅花那样备受诗家喜爱，留下那么多赞美的诗文，这也难以理解。我查了很多古诗文集，只找到宋朝诗人杨万里的一首七绝，题目还是《嘲报春花》：

嫩黄老碧已多时，呆紫痴红略万枝。

始有报春三两朵，春深犹自不曾知。

杨万里在这里嘲笑报春花“呆紫痴红”，说它春深了才开出三两朵花。如此呆痴麻木，还叫什么“报春”？其实“不曾知”的是诗人自己，他太以偏概全，一叶障目了。当然，囿于那个时代的交通和信息，杨万里自是不会知道报春花有那么多种类，也永远不可能看到大片报春花开时那如火如荼的气势的。

千百年来，报春花之所以繁衍昌盛，开得如此缤纷艳丽，据植物学家说，这是因为报春花的构造和蜜蜂之间有极为奇巧的适应。报春花有雄蕊长而雌蕊短的，也有雌蕊长而雄蕊短的。蜜蜂如到雄蕊长雌蕊短的花中采蜜，很容易沾上雄花粉，当它再飞到雌蕊长的花中采蜜，把雄花粉传给雌花蕊时，身体前部又沾上很多雌花蕊的花粉，这些花粉又被带到雄花蕊上。千万只蜜蜂如是反复做媒，报春花开得尽情尽致，如地毯铺陈在一座座高山草甸，也就不足为奇了。

报春花在日本除叫“樱草”之外，还呼为“良家淑女”。大约就是因其长在深山。在英文里报春花还有“青春的希望”之意，想是指它开在春天的那份热烈、奔放。中国现在统称“报春”似也不太准确。盖因“报春”的花很多，茶花、梅花等等皆是。梅花的报春似乎是权威认定的。陆游“无意苦争春，一任群芳妒”，毛泽东“俏也不争春，只把春来报”，吟咏的都是梅花。冰天雪地，一枝独放，梅花确有一种“第一”的感觉。说它“报春”更妥，却未免感到孤单。而叫做“报春”的这种花呢，也开在立春之前，且常常是一开一大片，一朵比一朵漂亮，一枝比一枝艳丽，一片比一片汹涌。我曾看过一张中甸草原上大片盛开的遍花报春的照片，草如茵，花如锦，那种美丽，那种繁茂，只能叹为观止。我想，只有面对高山报春，才会真正体会“春潮澎湃”这一词的准确和它所表达的那种动感。

其实，报春花是在一枝一葶地争相钻出地面，报告春的到来的。每朵花似乎不管别的花朵什么时候开，开得怎样，只知道自己一定要开得最早，开得最好！于是“哗”一下，世界得到了一个万紫千红的春天。

俏也要争春。春天是争来的。“争”，才好。

报春花可不可以更名为“争春花”？

阳光和船

两个少女

随着学钢琴的孩子越来越多，贝多芬的通俗钢琴曲《致爱丽丝》或《献给爱丽丝》已经成了很多孩子的钢琴必修课。家长们会因自己的孩子在客人面前流畅地奏出一曲《致爱丽丝》而深感骄傲。音乐中这个可爱的德国少女也因之走入了千家万户。

可爱丽丝是谁？她长得什么样子？是否确有其人？肯定者说：有这个人。因为 1867 年发现贝多芬这曲钢琴小品的手稿时，上面明明写着：

“为爱丽丝而作。1810 年 4 月 27 日。贝多芬”

否定者认为，不排除手稿上的字是后人加上去的。因为研究贝多芬的专家遍查有关资料，当时贝多芬周围就没有这个叫“爱丽丝”的少女，倒是有一个叫苔莱塞·玛尔法苔依的 17 岁的少女出现过，作品是否就献给她呢？

名字并不重要，重要的是作曲家用音乐语言为我们塑造了一个性格鲜明、栩栩如生的少女形象。

我第一次听这首钢琴曲到现在快四十年了。那是由我的妻子弹给我听的。当时她在西双版纳州文工团工作。难得公家有一台钢琴，“文革”前，贝多芬的作品尚未打成“封、资、修”，还可以弹。她打开琴谱，我看到标题：《献给爱丽丝》。这无疑是一个外国少女的名字。接下去，随着琴声，我心目中逐渐凸现出一个少女的形象。她既不是那个金发碧眼的德国少女，也不是坐在琴凳上朴实、内向的我当时的未婚妻，更不是那种大胆泼辣的姑娘，而是一个年纪还要小一点，还有点孩子气的女孩。

也许因为我经常下乡，更熟悉傣家姑娘，我第一次听这曲子时眼前出现的居然是我与之“三同”（即工作队员下乡后与贫下中农同吃、同住、同劳动）的生产队长的女儿。她叫伊香，16 岁，天真烂漫而又单纯美丽，并且非常勤劳。插秧、割谷、汲水、喂猪…… 从农活到家务全会。她给我的印象是一个成天在竹楼上忽上忽下的匆忙身影，还有，就是她银铃般的笑声。她也有不顺心的时候，那时她会坐在晒台上发一会儿愣，但很快也就过去了，她又开始唧唧喳喳地说笑起来。一开始并在后来反复出现三次的那个主题，让我感到她的那种纯洁和天真。中间部分的快速旋律，则给我一种她提着裙子的一角，用细碎的步子从竹楼上跑下来的感觉。接着似乎看见她在想心事，有点不愉快，但当乐曲结尾再现开始时的乐句时，最终又看见这纯真、靓丽的小女孩那嫣然的笑容了。

贝多芬的爱丽丝是天真、单纯而又活泼的。这其实是很多可爱的女孩的共性。但就形象而言，恐怕每个人心中都有自己的爱丽丝，不一定就是那个德国中产阶级的小姐。有人说,《致爱丽丝》是贝多芬的一幅音乐速写。我以为一旦用绘画来比拟，就“定格”了，就死了，不如音乐给人更多的想象空间。

倒是绘画，却常常让我想到音乐。比如英国18世纪著名妇女肖像画家罗姆尼（1734—1802年）的《哈密尔顿小姐的祈祷》。一个美丽的少女双手合在胸前，一双虔诚的大眼睛仰视上方，它马上就使我想起波兰女钢琴家芭达奇芙斯卡（1838—1861年）的《少女的祈祷》。

这位很有才华却只活了24岁的女钢琴家其他作品鲜为人知，但短短一曲《少女的祈祷》，从1856年发表在巴黎一家音乐杂志开始，很快就传遍了世界各地。可以肯定，它今后也将奏响在所有的钢琴上——和贝多芬的《致爱丽丝》一样，这几乎是所有琴童的必修课。

三十多年前，我妻子喜欢把《致爱丽丝》和《少女的祈祷》接着弹。这两首曲子我总是同时听的。这使得我每次听就要进行比较，找出它们的异同，以此来提高自己的欣赏和理解能力。

我觉得《致爱丽丝》让人联想到一个单纯活泼的少女，《少女的祈祷》中的这位少女则是善良而又赤诚的。看她跪在圣母面前祷告着，仰面凝视着圣像，虔静而略显忧伤。她也许祈求她生病的母亲早日康复，或者自己心底的一个秘密心愿得以实现，又或许，是为一个偶然的过错在由衷地忏悔……总之，她把心中的一切毫无保留地倾诉出来了。

“圣母啊，保佑我吧……”

“主啊，饶恕我吧……”

那善良又真诚、单纯而又柔弱的少女形象，通过略显伤感而又不乏柔美的缓慢旋律逼真地表现出来。乐曲的第四次变奏以快板速度出现，似乎让人感觉到少女那激动的无法诉说的起伏心潮。

赤诚而单纯可能是《少女的祈祷》的艺术风格。难怪契诃夫的名剧《三姐妹》要选用它作为配乐。契诃夫的作品时有谐谑感，却是实实在在的，平易近人的。它从不花哨。他选用这首曲子太适合他一贯的朴实无华的写作手法了。

贝多芬的《献给爱丽丝》和芭达奇芙斯卡的《少女的祈祷》用音乐的语言给我描绘出两个少女的形象。两者有共性，又有个性。我用两个也许不够全面的字概括：爱丽丝纯“真”，祈祷的少女赤“诚”。“诚”也是“真”，故再进一步概括则只需一个字：“诚”。

孟子说：“诚者，天之道也，思诚者，人之道也。”人，总希望自己和别人都能真诚。这两首钢琴小品之所以如此感人，一曲听罢，灵魂仿佛受到一次涤荡，清新了许多，它的光辉使一切虚假和伪善在它面前显得是那么肮脏，究其根源，难道不正是因为“天道”和“人道”都崇尚这个“诚”字吗？

云雀

云雀是一种难得一见的鸟儿。居住在城镇里的人，一辈子都不可能听到云雀的歌唱。那些提笼架鸟者，可以养画眉，养鹦鹉，却从来没听说过有养云雀的。在农村，可以听到别的什么鸟叫，很少听到云雀叫。便是在山野里，如果周围是崇山峻岭，视野不开阔，云雀也不光顾的。云雀似乎是一种喜欢广阔天地的鸟儿，在大野、大荒、大宇里才会听到它从蓝天白云中洒下的欢乐叫声。在“天苍苍，野茫茫”的大草原上，云雀就比较多。云雀是一种自由自在的鸟儿。

我不知道以云雀为名的乐曲，在那些从未听过云雀叫的人听来感受如何？有一点可以肯定：他们的感受绝对无法和听过云雀歌唱的人相比。音乐能使后者很快“进入情况”，回忆起他（她）所听到的云雀的叫声。

我听过柴科夫斯基《四季》套曲中的《三月——云雀》，也听过用排箫或小提琴演奏的罗马尼亚民间音乐《云雀》，描写的都是云雀，给我的感受却大不相同。同样，我在不同的时间、不同的环境中听到大自然中的云雀的叫声，感受也不一样。

柴科夫斯基的《云雀》，很短，是钢琴演奏的，约一分钟左右。它的主题，那个简短的乐句我却永远忘不掉，仿佛是辽阔的寂静的俄罗斯原野，没有山，地平线很低很低，荒草萋萋，一条褐色的有车辙的路，消失在远处的白桦林里。初春，白桦萌发了新芽，树梢，淡淡的、氤氲的绿意是它的呼吸。这时，不知从哪里飞起的一只云雀便这样在蓝天里叫着，叫着……声音在孤寂的旷野里有一种凄清的美。

我这一生也就听过两三次云雀的叫声。柴科夫斯基的《云雀》似乎有选择性地从中牵引出儿时最初见到云雀的回忆。

那是十岁前吧，我和外婆、母亲一道去一个叫“马会坪”的地方找酒药——一些用以酿酒的特殊植物。马会坪是山间盆地，在我儿时的记忆中很大，很美。春天，到处开满红色的杜鹃和紫色的龙胆，微风吹来，一种叫“清明花”的小花在草丛中轻轻摇摆，高原的天空蓝得像要滴出水来。突然，一只鸟儿在高空“唧唧”地叫着，在一片白云的背景下，这只欢乐歌唱的鸟儿只剩下小黑点。外婆说，这叫“上天雀”，只有找酒药的季节才见得到。我想起秋天稻谷成熟时唧唧喳喳地叫着、大群大群飞来吃谷子的谷花雀。东边赶它飞到西边，很叫人讨厌。可这种鸟儿只知道在蓝天里叫啊叫的，不管地上的事。只是，在天空里它显得是那么小，没有伙伴，太孤单了，就像我那时在旷野里没伙伴一起玩一样。我第一次从蓝天旷野叫着的一只小云雀身上感受到孤独。这也许和那大大的天地里的小小的鸟儿的对比有关吧。

柴科夫斯基的《云雀》给我的感受就是这种寂静里透出的孤独和由这种孤独引出的淡淡的忧伤。当然，这都是后来解读了他的音乐语言之后的体会。

罗马尼亚的民间乐曲《云雀》给人的感觉就大不一样。这支后来被罗马尼亚作曲家艾奈斯库创造性地用在他的《罗马尼亚狂想曲》中的曲子，使云雀活泼欢快的叫声变成了罗马尼亚民间热烈、奔放的狂欢场面，极富动感和民族色彩。但是你如果想“看”一只云雀如何飞，听它如何叫，最好还是听原汁原味的罗马尼亚民间乐曲《云雀》。特别是排箫吹出的旋律，更是声形并茂。

这是喀尔巴阡山下的平原，天蓝云白，金色的阳光下，田野里的大麦和牧草在风中摆动。远处的白桦树梢上隐隐可见教堂的尖顶。三两头奶牛在悠闲地吃草。突地，一只云雀从草丛里飞起，它奋力地几乎是垂直地向蓝天飞去，“唧哩！唧哩！”地叫着，越飞越高……在排箫或小提琴上出现的是越来越快的节奏，你能听到它的叫声，还能“看”到它努力向上攀升的形象，甚至还看到明亮的阳光和蔚蓝的天空。

同是云雀，柴科夫斯基的云雀虽然也在唱，也在飞，也很美，但总让人觉得俄罗斯大平原上的雪仿佛还没有完全消融，这第一只云雀就飞起来了，唱起来了，声音难免显得有点孤单和压抑。罗马尼亚的云雀就不是这样。那是春末夏初的云雀，欢快极了，自在极了，而且不止一只，是几只，是一群，在招呼，在应答，整个儿给人春意盎然、欢乐向上的感觉。我想，这也许是因为东欧多吉卜赛民歌，多少受了热情和充满活力的吉卜赛音乐的影响。

罗马尼亚的《云雀》让我回忆起另一次山野间听云雀歌唱的情景。

时间，1976年的春初。地点，昆明郊区的一个机关农场。那是个视野开阔的丘陵地，周围没有高山深谷，有天中午劳动之后略事休息，我找了个僻静处仰面朝天躺在草丛里。不知是我惊动了草丛中的云雀，还是因为蓝天白云的召唤，一只云雀冲天而起，“唧哩！唧哩！”地叫着，听那声音越来越小，看那鸟儿越飞越高，几乎要看不见了。突地一声“唧——”，和起飞时一样，又从高空处垂直坠落在草丛，稍事休息之后，又再欢叫，再高飞，丝毫不知疲倦。出我意料的是，第二只、第三只、第四只云雀也跟着飞起，此呼彼应，此起彼落，蓝天里尽是它们欢乐的叫声。春风拨动了一株株野草，发出细微的沙沙声。那一天，我就这样躺在草丛里，享受着大自然奏响的一曲《春之声》。

那几年罗马尼亚和我们关系非常友好。罗马尼亚民间乐曲不在“四人帮”文化专制的违禁之列。这使我能在不久之后的一个晚会上第一次听到用小提琴演奏的

《云雀》，于是，我比那些没听过云雀叫的人更快地理解了这首曲子。

风雨如晦的日子，阴霾四合的日子，云雀是不起飞的。云雀总和丽日蓝天在一起，和白云在一起，和春风、和花朵在一起。又因其不断地向上奋飞，才有“云雀”的美称。

尽管柴科夫斯基的《云雀》有点冷冷的忧伤，但俄罗斯原野上的雪终究消融了。百花盛开、云雀高飞的春天总是要来的，喀尔巴阡山下的云雀当会唱得更欢快了！

月光

在西方音乐中，写月亮的曲子最著名的要数贝多芬的《月光奏鸣曲》和德彪西的《明月之光》。两者都简称“月光”。音乐界认为，前者是以讹传讹，而后者才是真正为月色而写的。但近二百年来，贝多芬这首作于1801年的曲子，始终被人们称为《月光奏鸣曲》。

1801年，在完成了《升C小调奏鸣曲》之后，喜欢给自己的作品加标题的贝多芬没有给这部作品取任何名字，只是在口头上称它为“幻想风格的奏鸣曲”。当然他也就不可能把其中的第一乐章叫做“月光”什么的。他为谁“幻想”？为一个叫“朱丽叶塔伯爵夫人”的女人。贝多芬和她有过一段恋情。作品是为她而创作的。那么为什么近二百年来一直称它为《月光奏鸣曲》呢？始作俑者是德国诗人路德维希·莱尔斯塔勃（1799—1860

年）。他说，听贝多芬这首曲子，老叫他想起“瑞士琉森湖上的月光，像湖面上荡漾的小船那样的情景”。

后来的故事就编得更美丽。说是贝多芬某天晚上在维也纳散步时听到有人弹奏自己的作品，其中一段老弹不好。敲门而入，看见一个瞎眼女孩坐在琴凳上，贝多芬深为感动，当即作了示范，当主人知道这就是他们景仰的贝多芬时，非常激动，恳求贝多芬再弹奏一曲。那瞎眼女孩说，她的哥哥是个穷鞋匠，他们没有钱买他的音乐会的昂贵门票，贝多芬马上答应了她的请求。这时窗外月光皎洁，万籁俱寂，静夜中只有风儿轻轻掠过树梢的声音。贝多芬闭上眼睛，缓缓地弹奏出了这首他即兴创作的曲子，人们因之称它为《月光奏鸣曲》……

据说，这后一个故事是一个无名作者杜撰出来的。当时的出版商和剧院老板也懂得炒作，为了扩大作品的影响，他们努力宣传这个故事。这个乐章本身就非常美，加上这个故事，《月光奏鸣曲》就这样被认可而广为流传了。虽然此后俄罗斯作曲家、钢琴家鲁宾斯坦试图努力纠正这种“误导”，说：“在音乐上，月光要用朦胧、梦想、和平、温柔的手法来表现，而这首奏鸣曲第一乐章彻头彻尾是悲剧性的。”有人也认为加“月光”之类的标题对感受和理解这首乐曲没有助益。

我不以为然。起码这对我来说是相反的。正是“月光”的标题帮助我感受到那宁静的月夜，正是那宁静的月夜又使我想得很多、很多，最终落脚到乐曲想要表达的那种隐隐的哀伤之中。

贝多芬写这部作品的第一乐章时的确非常哀伤：他失聪了。对一个作曲家，有什么比失去听力更为不幸呢？1801年11月16日，他在写给他朋友威格勒的信中说：“我在这两年里过的是怎样孤独与悲哀的生活，你是无法想象到的：我的耳疾好像是一个幽灵，到处阻挡着，我躲避着一切人，好像是一个厌世者……”

尽管《升C小调奏鸣曲》第二、三乐章仍然反映出贝多芬“我要扼住命运的咽喉，绝不屈服”的一贯风格，但第一乐章确实是悲哀的。贝多芬自己之所以叫它“幻想风格的奏鸣曲”，很清楚，他想说对朱丽叶塔伯爵夫人的情感无非是一种“幻想”而已。他深深地为自己的耳疾悲伤。

明知如此，人们仍然要固执地把它和月光联系在一起。盖因寂寞、宁静的月光确实能把人导入一种哀伤的情绪之中。不管是“举头望明月，低头思故乡”的乡愁也好，还是“此生此夜不常好，明月明年何处看”的漂泊感也罢，一轮冷月导入的哀伤和贝多芬因患耳疾的哀伤是同样的一种心理态势。殊途同归，都是哀伤。

我听这首曲子时在边寨一间茅屋里，三十多年前的夜晚。那时月亮正挂在凤尾竹梢上，我的朋友——一个刚分到军垦农场当医生的大学生打开他的电唱机，随着那一个个缓慢而又圆润的音符奏响，我感受到月光如露珠般的晶莹，从竹笆墙的缝隙里汩汩地流淌进来了。我第一次觉得“月色如水”这一词的妙处。偶有夜风带来小河的哗响，更显得夜色那么宁静。我突然想起李白“今人不见古时月，今月曾照古时人”的句子。不错，贝多芬当时给予我的确实是一种哀伤。只是它是由凄清的月光引发的。

同是月光，古往今来，不管是外国的作曲家或中国的诗人，作品可因不同的主观感受而旨趣各异，大相径庭。这无疑和每个人当时所处的环境和心境有决定性的关系。法国印象派作曲家德彪西（1862—1918年）的《明月之光》就是一支风格迥异的曲子。

《明月之光》原是受象征派诗人魏尔伦（1844—1896年）同名诗歌影响写成的。1884年德彪西赴意大利留学，期间，游历了意大利北部的贝加摩地区，那里美丽的风光给他留下深刻印象。旅行归来，他读到魏尔伦的《明月之光》，激发冲动，写就了《贝尔加玛斯克》组曲。其中第三首就叫《明月之光》，表达的就是贝加摩月色给他留下的印象，因其更具独立性，常作为单独的曲目演奏。

乐曲一开始的感觉是，皓月清辉，远处的阿尔卑斯山积雪如银，整个天地剔透如水晶；夜空如黑色的天鹅绒般舒展着，稀疏地缀着钻石般的星星，月下的原野安详舒坦，夜风阵阵，树叶沙沙……德彪西充分发挥了音乐的“造型”能力，不仅能使人“看”到作曲家描绘的月夜美景，同时会和作曲家一起进入一种美好的沉思。奇怪的是，这不是月光带给人的那种忧伤感，而是“海上生明月，天涯共此时”的豁达，是“云破月来花弄影”的寂静美，甚至是“月上柳梢头，人约黄昏后”的甜蜜回忆。

两种月光，两种感情，这是作曲家当时的心境决定的。贝多芬表现他的哀伤，一开始使用了长达四小节的缓慢引子导出悲剧性主题，发展而成呻吟，而呜咽了，表现为右手的旋律部分逐渐破碎几乎消失，只剩下左手三连音的伴奏音型均匀流动，仿佛就是内心那无言的伤痛。

绘画中有“亮色”之说，音乐中也有“亮音”。三度音程就有明亮的感觉，会使人想到那皎洁晶莹的月光。悠长的旋律线和平稳的节奏，再加上色调柔和而明净的和声融合在一起，达到的就是一种清幽、静寂的效果。这便是德彪西的“月光”和贝多芬的“月光”不同之处。

生活中谁都不愿哀伤，但哀伤反映到艺术作品中它常常成了一种美丽，这是一个奇怪的美学现象，更不用说现实生活中本来就很美好的事物了。

贝多芬和德彪西的“月光”同时被人喜爱就是这个道理。

欢乐中的悲哀

在我十七八岁还是个文学青年时，从普希金的长诗《茨岗》、梅里美的小说《嘉尔曼》中，第一次听说世界上有一种流浪民族叫“吉卜赛”。后来印度电影《大篷车》、歌剧《卡门》（据《嘉尔曼》改编）又让我从视觉形象和听觉形象上进一步了解了这个民族。吉卜赛人那热情奔放、能歌善舞、视自由胜过生命的民族性格给我留下了极为深刻的印象。音乐作品中比才的《卡门》无疑是最经典的。除此之外，很多大作曲家都写过相关的作品，如舒曼的作品 79-7 号、勃拉姆斯作品 103 号，还有德沃夏克、柴科夫斯基等等都曾写过。这些作品肯定都各有千秋，可惜至今尚未听到。有一首短小的小提琴曲《吉卜赛之歌》（一译《流浪者之歌》）是我经常听的。它虽短小，却有灵动的画面、鲜艳的色彩和强烈的情感。我想用“音乐速写”来比喻它，又不愿让它“定格”。这么说吧：这是一幅流动的音画。它的美丽、感人，诚如匈牙利著名小提琴家奥尔（1845—1930年）所评价的：“这部作品具有与标题相符的风格。这是根据匈牙利首都布达佩斯的大咖啡馆和饭店里常听到的那种吉卜赛风格和性格的音乐创作的”，“是迄今所有乐曲中最光彩夺目、最值得推荐的作品之一”。

小提琴一开始奏出的乐句是悲哀和辛酸的。听得出是出自E弦上的高音，给人的感觉却不尖锐、轻飘，而是饱满、沉重。这一宣叙式的主题预告着流浪者的队伍来了。随着乐曲中给人印象最为深刻、旋律性最强的那个主题的出现，似乎可以看见这支四处流浪的无家可归的队伍正从辽阔的原野上缓缓走来。老人、妇女和孩子坐在马拉的大篷车上，有的抱着孩子，有的抽着烟，有的在玩牌，年轻的男人赶着马或前或后地走着，疲惫的狗，拖着长长的舌头跟着车队，似乎有女人从车篷里眺望着印满车辙的路的尽头，落日的余晖中她又黑又大的眼睛仿佛在问：什么时候才到宿营地呢？

那凄婉的、令人心碎的旋律倾诉着这无家可归、永远流浪的民族的苦难生涯和作曲家含泪的深深同情。但这似乎是作曲家的个人感受。吉卜赛人自己并不这样认为。听，随着那忧伤缓慢的旋律告一段落，乐曲的气氛急转突换，快板奏出了第四部分的主题。这明显的有匈牙利风格的舞曲，欢快、炽热而又奔放。你似乎“看”到流浪的队伍到他们的宿营地了，他们嬉笑着，忙碌着，像回到了家。卸光重荷的马在打滚，小狗在撒欢，男人们忙着搭帐篷，女人顶着瓦罐去汲水、生火……然后便忘乎所以地高歌、狂舞，伴随着一阵阵响板的滴答声，跳动的火光、旋转的裙子、激动的舞步……吉卜赛人在尽情地释放着个性，充分地享受着生命。那活泼欢乐、热情奔放的一段快板，充分表现出吉卜赛人开朗豁达、狂欢不羁的那股子野性。舞曲连绵不断，忽而热烈，忽而轻盈，虽然间或又出现缓慢、有点哀伤的短暂旋律，但终究以简短有力的乐句结束。全曲声情并茂，跌宕起伏，整个演奏只需三分钟，却跳动着鲜活的形象，压缩着巨大的情感。

《吉卜赛之歌》从忧伤到欢乐，大起大落，对比极为强烈。这反差正是它的魅力所在。就我理解，乐曲的哀伤部分如前所述，表达的是作曲家对这一游牧民族的深切同情。但这实际上是他人的感受。吉卜赛人从不以为自己是可怜虫。这是一个乐天的、自由自在的、永远追寻着快乐和自由的民族。乐曲那些欢乐的乐句所要表现的才是他们真正的民族性。

听罢《吉卜赛之歌》，我常想到世界上另一些居无定所的民族，比如一些国家的游牧民族。他们在自己的国内不断搬迁，没有固定的家园。他们逐水草而居，为的是牛羊肥壮，这和我熟悉的云南过去那些刀耕火种的民族一样，砍光一片森林，种上几年庄稼，当土地失去肥力之后，又要搬迁到另外的山林。这些民族是有国的，虽然居无定所却是自愿搬迁的，为的是发展生产改善生活。“二战”时期被希特勒法西斯到处驱赶的犹太人，就既无国也无家，他们的流浪则不是自愿的。这些，和吉卜赛人不一样。

吉卜赛人原住印度北部，自称“罗姆人”，5 世纪起就渗入到波斯帝国和后来的阿拉伯帝国，10 世纪到达拜占庭帝国，后逐渐流浪到欧洲、北非、美洲的一些国家。吉卜赛人为什么要不断地流浪呢？可以肯定，他们绝不是为了追寻富裕的物质生活，而是为了那不愿受到约束的酷爱自由的民族性。哪一块营地可以自由呼吸，他们就多待一段时间，一旦他们的生活方式受到干扰，他们可以一夜之间走个精光，又去寻找另一片乐土。他们轻视荣华富贵，有攀附权贵者，便只有离开群体，甚至连“小康”他们也不稀罕。生活愈简单，人就越自由。他们因此毫无牵挂，从不担心失去什么。不能说吉卜赛人没有家园，恰恰相反，一千多年来，这个性格极为鲜明的民族一直在固守着自己的家园——精神家园。

人造的物质家园千变万化、光怪陆离而又丰富多彩，那么人类的精神家园呢？在物欲横流的世纪末，当我再次听萨拉萨蒂的《吉卜赛之歌》，从欢乐中，我才第一次感受到一种真正的悲哀。

两只天鹅

小时常见大雁排成“一”字或“人”字，缓缓飞过故乡的天空，间或还留下一两声嘹亮的雁唳。大人说：天鹅回家了。我便一直以为大雁就是天鹅，几十年后一个偶然的机会，才弄清是两种不同的鸟。古人把大雁称“鸿”，天鹅叫“鹄”。大雁羽毛是褐黑色的，而天鹅的羽毛是雪白的（黑天鹅是另一种）。但这知识也是来自书本。我之认识天鹅，是先“听”到，然后才在动物园里看到的。

那是1957年干季的西双版纳，一间小茅草房里。主人是武汉医学院才分来的一个大学生。我们由于专业相同，业余爱好又一样，很快就成了朋友。一个阳光明媚的假日，他请我到他的小茅屋里听唱片。小茅屋是刚落成的农场职工宿舍，外面是个大大的鱼塘，鱼塘后面是一片尚未砍伐的森林，他搬出一部电唱机和一箱沉重的唱片说："我今天请你听'天鹅'——两只'天鹅'。"

我那时对外国音乐可以说刚刚入门。我想他说的天鹅可能是柴科夫斯基的《天鹅湖》。我在一本什么音乐书籍上看到，1871年，柴科夫斯基到他妹妹的庄园里小住，给他的外甥们带去了一件别致的礼物：根据德国作家莫采乌斯的童话故事《天鹅池》写的独幕芭蕾音乐的乐谱。乐谱已包括后来四幕芭蕾舞剧《天鹅湖》中那著名的"天鹅"主题。应当时莫斯科大剧院艺术指导弗·别吉切夫之约，柴科夫斯基于1876年4月完成了这部作品。一百多年过去了，《天鹅湖》成了不朽之作。其中那个"天鹅"主题和四小天鹅舞的旋律我哼过，却从未听过。

我永远记得"天鹅"主题在那小茅屋中响起时的感觉。因为那潭水和后面的树林和剧中故事发生场景太相像了！特别是那朦胧的晓雾更增添了神秘感。这颇像是当今时兴的实地演出，比如普契尼的《图兰朵》在北京的太庙演出一样，使人有亲临其境的感觉。那著名的"天鹅"主题由一只双簧管奏出时，我确乎"看"到一只雪白的天鹅正从水潭那边缓缓游来。它长长的脖颈、高贵的昂首，显得是那样纯洁和温柔。我听到竖琴的声音，晶莹而舒展。

“双簧管是天鹅，竖琴是水。”我的朋友像启蒙老师般解释着。“可是你听出了什么感情没有？”他问。

“有一点儿忧伤。”

“对。这是奥杰塔——那只白天鹅的悲剧性决定的。当然，也是作曲家本人的风格。”

他突然取下机头，换了一张唱片：

“暂停。先让你听听另一首《天鹅》，对比一下。”

这时，蒙蒙的晓雾开始飘散，前面的水波上不时荡起了金色的阳光。唱机再度响起的时候，我听到如水的竖琴的声音，和眼前跳动的波光那么吻合。随后是大提琴徐缓的旋律，又一只白天鹅浮游着缓缓而来。同样那么高雅、端庄、美丽，只是这只天鹅周围阳光灿烂、水波潋滟，一切都明亮而温暖。它慢慢地游着，显得无忧无虑，自由自在，把人导入一种宁静而又纯净的世界。

一曲终了，我久久地回忆着，对比着两只天鹅。

“这是圣·桑的《天鹅》。”我的朋友说，“是他的组曲《动物狂欢节》中唯一不带童话般的夸张和谐趣的一首。”

“现实主义的？”

“甚至有点印象派的感觉，会让人想到德彪西（1862—1918年）的《明月之光》。”

把圣·桑的《天鹅》和德彪西的《月光》联系起来也许不无道理。因为在某些听众听来，这天鹅是一只月下的天鹅，那竖琴或钢琴描写的是月光而不是阳光，并且似乎是一只失去伴侣的孤独的天鹅。它因此显得悲哀。这和柴科夫斯基的“天鹅”所要表达的感情没有什么差别了，都是哀伤。但一种是俄国式的，一种是法国式的。

我不这样认为。这正是音乐的妙处。音乐无疑要描写形象，但更重要的是表达文字所不能描绘的情感。而情感会因人而异，因景而异。乃至同一旋律，经过不同的配器处理，整个儿会变味，变调。比如这首《天鹅》，如果在节奏上作一些变化，再用怪声怪气的电子合成器奏出来，其效果恐怕既不端庄文雅，也非忧愁哀伤，绝对是不伦不类，让人大倒胃口。

法兰西民族和拘泥、古板沾不上边，他们历来是自由和浪漫的。把柴科夫斯基的《天鹅湖》中的这个“天鹅”

主题和圣·桑的《天鹅》再作比较，就可以看出法国作曲家的无拘无束的自由变幻的风格。一首短短的《天鹅》，居然改变了五次调性，而且转得非常自然，非常巧妙！在不知不觉中它就变了。这种转调带给了这首曲子更丰富的内涵：色彩上更斑斓，感觉上更细腻。

我年轻时喜欢吹吹口哨，在听了两首“天鹅”之后，曾试图用口哨把它吹出来。柴科夫斯基的天鹅主题曲练几次就可以吹了，可圣·桑的《天鹅》每吹到第三个乐句就吹不下去。后来一个作曲家才点醒我：这正是因为那调性巧妙地改变了。

没有高超的音准识别和表现能力是绝对不可能用口哨吹出圣·桑的《天鹅》的。不信你试试。

小路

我年轻时就喜欢音乐。至今我的影集中还保留了一张黑白照，是50年代和同学们在一次什么节日联欢会之后照的：化装成新疆人，没有小胡子，用墨画上；没有长靴子，穿矿工的防水胶靴；没有长袍子，到医院借住院病人穿的那种睡衣。然后吹笛子的、拉小提琴的、拉二胡的，杂七杂八，都煞有介事地做吹奏状。我上海音乐学院毕业的女儿看了差点笑昏。

开初是很滑稽，却挺认真。我很庆幸这种认真的态度得以使自己对音乐的爱好保留并延续下去。仿佛从一条尚不成其为“路”的地方起步，到了花甲之年，终于渐入佳境。

那时不管吹拉弹唱，旋律动听就行，尤喜欢富有地方民族特色的民歌。什么《我们新疆好地方》、《小河淌水》、《康定情歌》等等。最喜欢王洛宾的歌。

这种爱好如不继续下去，可能也就到王洛宾为止。但是，一条《小路》把我引入了一个新的音乐天地。

那是1957年底，我刚从校门出来不久，在西双版纳当乡村医生的时候，一些来那里实习的云南大学生物系的学生给我带了一本《外国民歌200首》。大学生总是走在时尚的前面。那时苏联是我们的老大哥，中苏关系恶化前校园里会唱俄罗斯民歌就是一种时髦。一些音乐界的人搭便车，在推出俄国歌的同时借机介绍了世界各国著名的民歌，今天看来仍是件功德无量的事，起码对我是起到正确启蒙作用的。我凭借简谱识谱能力，晚上，常和大学生们一起唱，或自己一个人学唱，什么《三套车》、《山楂树》、《小路》……那些最流行的俄罗斯民歌、苏联歌曲都是这个时候学会的。

我印象最深的是《小路》。这是我最初学会的一首外国歌。我最喜欢在早晨的田野里唱这首歌。因为那时的景色和歌中唱的一样。

西双版纳的干季常弥漫着朦胧的晓雾。这种雾不像内地那烟似的雾。它介乎蒙蒙细雨和烟雾之间，有如撒出去的糯米粉，笼罩着竹楼、芭蕉、椰林和葱郁的远山。当太阳升起时，雾气便聚成一片白云，飘飞而去，蒙蒙大雾里便逐渐显现出面前的那条小路，它的尽头那些竹楼、佛塔、椰林……仍然是若隐若现的。小路蜿蜒，由淡至浓而终于溶化在雾里了。这时，我会不由自主地唱道：

一条小路曲曲弯弯细又长，
一直通向那迷雾的远方，
我要沿着这条细长的小路，
跟着我的爱人上战场。

那时爱人当然是没有的，也不是去上战场，但前两句和眼前的风景是绝对吻合的：雾和小路。

要是在秋天稻谷收割的时候，看着那秋收的人们，我会想到列宾笔下那些肥硕的俄罗斯农妇和托尔斯泰、肖洛霍夫描写的俄罗斯长着白桦的原野。当然，眼前不是大平原，是山间的小平坝，不是白桦树而是菩提或别的热带树，女人苗条而纤弱，不像俄国农妇肥硕粗壮。

人的联想总是很怪诞的，这时若有懒洋洋的傣家牛车经过，没准还会唱起《三套车》来。“冰雪覆盖着伏尔加河……”我不在乎歌词说些什么，而只陶醉于旋律营造出的那种氛围，它把我读俄国小说、看俄国画的那种感受激活了，让我慢慢地品出其中的“俄罗斯味儿”：它似乎是一种辽阔的、隐隐的忧伤，有艾草的苦涩和教堂晚钟的忧伤，伴着伏尔加河或顿河向远方流去了……隔着八度的低音6（拉）和高音6（拉），这种被称为“小调”式的旋律普遍出现在俄罗斯民歌里，带给人的就是一种辽阔的、隐隐的忧伤。

《田野静悄悄》也是这么一种调式，很伤感动人。我记不起它是不是俄罗斯民歌。我喜欢在黄昏一个人散步时唱这首歌，同样走在一条小路上：

静静的田野里
没有声音
只有抑郁的歌声
在远处荡漾……

时夕阳西下，暮色苍茫，归鸟投林，炊烟袅袅，我为这景色，为自己的歌声深深感动着。

后来，我所在的那个版纳的农场卫生所，又分来一个大学生。他是武汉医学院毕业的，更“洋”气，不仅有很多外国歌曲集，还有外国乐曲的唱片。在他的熏陶下，我的兴趣不再局限在俄罗斯民歌，什么《桑塔露琪亚》、《我的太阳》、《重归苏莲托》、《托赛里小夜曲》、《勃拉姆斯摇篮曲》、《马赛曲》、《故乡的亲人》、《鸽子》……从欧洲到美洲，几十年在中国流行的外国歌中那些好听的，我差不多全会唱了。我识简谱，音准也不错，那些外国歌曲中常碰上的半音和转调也难不倒我。我这才发现，各国的民歌味儿都不一样，德国歌曲的典雅、意大利歌曲的热烈、黑人歌曲的哀伤……这一切大大地扩大了我的视野，提高了我的审美能力，我这个只知唱中国民歌的音乐爱好者，逐步地会唱世界很多国家的歌曲了。

应该说，以上这些外国歌曲，严格说来仍是通俗歌曲。这说明好的通俗歌曲还是经得起时间检验和不受空间限制的。它所激起的是一种正常的情绪、健康的感情，而不是躁动和疯狂。我受益于这些歌曲，我因之常常怀念那条《小路》和那条小路。路虽小，却是它把我导入那光辉灿烂的音乐殿堂。

前些时，一个朋友从西双版纳来，告诉我当年我所在的那个地方也大发展了。“到处都是卡拉 OK 厅！”他说。

那晓雾蒙蒙的小路呢？那暮色茫茫的小路呢？在生态和心态都受到污染的今天，它是否还是那样纯净和宁静？

远去的船

我们这一代人受苏联歌曲影响比较深，对苏联歌曲中掺杂着的那种俄罗斯民歌味儿很熟悉。那是一种悠远、苍茫而又带点抑郁的情调。像旷野里一株孤独的树，像黄昏里一缕寂寞的烟，《小路》、《山楂树》……唱起来就是这种感觉。

这使我在西方古典音乐中最先接受柴科夫斯基的作品。要领略这位作曲家的那些大作品中的俄罗斯神韵，得有一定的欣赏水平，但听懂《如歌的行板》、《船歌》相对而言就容易一些。《如歌的行板》是柴科夫斯基在听了一个泥瓦匠哼了一首名为《孤寂的凡尼亚》的民歌之后写成的《D大调第一弦乐四重奏》的第二乐章。那悲切如诉的旋律使老托尔斯泰听了都止不住潸然泪下，说："我已接触到忍受苦难的人民的灵魂深处了。"

如果说,《如歌的行板》给人以纯粹的伤感,《船歌》带给人的就是说不清道不明的惆怅。

《船歌》是1876年柴科夫斯基应尼·马·贝纳德之约，为彼得堡的一份文学刊物《小说家》的音乐特刊写的钢琴套曲。按杂志的要求，每月（期）一首，必须与季节特征相联系。这部钢琴套曲因之叫《四季》或《十二月》。三月《云雀》，四月《松雪草》，七月《刈草者之歌》，十一月《雪橇》……光听听这些名字就能感觉到它的俄罗斯特色。我每次听，都会想起希施金、列维坦、列宾的画。眼前会出现俄罗斯秋天的白桦林、冬天的雪橇、在伏尔加河畔劳动着的那些大胡子农民和裹着头巾的肥硕的俄国女人。自然，和所有西方古典音乐爱好者一样,《四季》中我最喜欢的还是那首六月《船歌》。

作曲家既以船命题，听《船歌》想到船是很自然的事，而且应该是一艘俄罗斯的平底船，在白桦掩映的河汊中缓缓划来。俄罗斯的秋天来得早，六月，已有秋风飒飒地掠过树梢，似乎能看到一片发黄的树叶轻轻飘落在小河里。河面上有粼粼的光、柔柔的影，小船过处，荡起的涟漪推着那片黄叶。黄叶孤独，桨声寂寞，小船飘零，随着渐弱渐远的琴声，你能明显地看到小船渐渐地消失在烟雾迷蒙的远方。那里也许是一个出海口，小船溶化在烟波浩渺的大海里了，或者是一个水浅沙平、芦苇摇曳的港湾，那桨很快地划了几下，小船终于无力地躺倒在沙滩上，仰面朝天，一任桨像疲惫的手垂落下来。

一切归于寂静。

每次听《船歌》，耳里萦绕的总是这最后的桨声，眼前留下的总是那远去的小船。奇怪的是人的印象很模糊，始终是那艘孤零零的小船。人到哪儿去了？“小舟从此逝，江海寄余生？”想到这里，便有那说不清、道不明的一股惆怅从心头升起，闭着的眼里泪水自己渗出又自己吸收，好半天才会从这情绪中恢复过来。睁开眼睛，遗憾自己又回到严峻的现实中来，失去了一种美的享受、美的感觉。难怪有人说惆怅是一种美，能感知惆怅的人会同意这话。

现在，恐怕少有人听柴科夫斯基的这首《船歌》了，千千万万的年轻人几乎全被“天王巨星”征服。当一些乳臭未干的孩子对着卡拉 OK 机疯唱“我俩的情，我俩的爱，在纤绳上荡悠悠”的时候，他（她）们只是在宣泄着青春期过剩的精力，而不是在感受人生、感受生活，尤其不是在感知惆怅。

惆怅，照词典的解释是“伤感”，是“失意”。我们为什么要感受它呢？回答是：因为惆怅给人的远远不止这些。

一般人可以在车站、码头送别时，在亲人的面孔逐渐模糊时，对惆怅略有感觉。但要细致地、深刻地感知惆怅，却需要一点底蕴，需要一点文化。并非所有的人听《船歌》都会产生惆怅感的。

我对惆怅产生最初感觉是在60年代初期。我那时是农村“社教”工作队员，一个人住在一个叫“贺南东”的僾尼（哈尼）族的山寨里和乡亲们“三同”。这个远离区乡政府的山寨山高林密，少有人来。我语言不通，憋了一星期的话只有在每周乡邮员来时才像是出闸的水，尽情地倾吐出来。这位老乡邮员每次都风雨无阻地给我带来一大堆信件、报刊，带来很多喜悦。特别是发现新来的报刊中发表了我的作品，那份高兴和感激只有在那种孤独寂寞的环境中才感受得最为深刻。我忙不迭递烟倒茶，恨不得上去拥抱他。真希望他能留下来多住一两天，让我好好表达我的感激之情，然而他第二天一早又往回走了。每次，我都是把他送到山垭口，远远地看着他和他牵着的那匹马渐渐消失在墨黑的老林里，这时便有最后一缕铃声隐隐传来："叮……叮……"我止不住眼睛发酸。后来，我知道这就叫惆怅。有次又听《船歌》，那渐远渐弱的琴声蓦然间让我仿佛听到多年前消失在密林深处的叮叮马铃声，我终于悟出，那如水般逝去的是不舍昼夜的年华，它是不会再回来了。思及此，惆怅感会更加沉沉地压在心上。

奇怪的是有时惆怅里又品出希望的甘美。比如那个离去的乡邮员，下次见面时就可能带给我意外的惊喜：一封盼望已久的朋友的信，或是稿件的采用通知。只要在挥手之间想到这些，那依依惜别之情就不会是酸的，因为离别只是再见的开始。

我以为，我至今看重平凡，安于淡泊，喜欢宁静，甚至在读唐诗"故人西辞黄鹤楼，烟花三月下扬州。孤帆远影碧空尽，唯见长江天际流"时产生的那种微妙的美学上的感受和共鸣，全是几十年生活在心底"窨化"

的结果，其中，就有惆怅。

这并非林妹妹的多愁善感。“无情未必真豪杰”，否则何以有“风萧萧兮易水寒”、“斑竹一枝千滴泪”那样的诗句呢？

当今世上，“权”、“钱”二字把一些人变得虚伪、冷漠、麻木乃至残忍，而麻木不仁、冷酷无情的人是绝不会惆怅的。“铁石心肠”所能干出的只会是些很可怕的事。

我们多么需要托尔斯泰的眼泪和一颗柔嫩的心啊！

学会听《船歌》，它会把你的心肠变软。

静美的秋叶

我不知道别人是否有这样的感觉：俄罗斯的文学艺术作品中，总有一种淡淡的忧伤。

文学如托尔斯泰的《安娜·卡列尼娜》、《复活》，普希金的《欧根·奥涅金》，莱蒙托夫的《当代英雄》，契诃夫的《一个小公务员之死》、《万卡》均是，陀思妥耶夫斯基的作品则几乎全是。

绘画上有列宾的《伏尔加纤夫》、列维坦的《深渊》，便是以画美丽风景著称的希施金，那冷冷的色调里也是透着一股子寂寞和凄清。

音乐上最具代表性的莫过于柴科夫斯基了。丰子恺先生把他和陀思妥耶夫斯基并列为俄罗斯文学艺术“悲哀殿堂的二大柱”，认为“他的音乐的底流，全是深刻的悲哀”。这是有道理的，我的感受也完全如此。

初识柴科夫斯基是通过他的传记《我的音乐生活》一书。我为这位作曲家和比他年长的“富婆”梅克夫人那柏拉图式的爱情深深感动，也许就这样“先入为主”地从他的那些给梅克夫人的信中尝到了一点儿甜蜜和一点儿酸楚。此后听他的作品《如歌的行板》、《云雀》、《船歌》、《天鹅湖》…… 由小至大，直到《第六交响曲》(《悲怆》)，老柴的这种忧伤感总是挥之不去。

《如歌的行板》自不必说。老托尔斯泰听了也潸然泪下，说：“我已接触到忍受苦难的人民的灵魂深处了。”《云雀》虽然只是几个短短的乐句，却让我听到俄罗斯一望无际的大野反衬出的小不点云雀的那孤单的叫声；《天鹅湖》的主题让人感受到的，又是如月下波光的那种凄清。这种凄清在《船歌》中尤为明显。一叶扁舟，渐行渐远，那种“小舟从此逝，江海寄余生”的隐逸的惆怅，使听过的人无不为之动情。就是公认最为乐观、明朗的《D 大调小提琴协奏曲》的第二乐章也不可避免地渗透着柴科夫斯基式的忧伤，更不用说《第六交响曲》(《悲怆》)。那更是一种全息与饱和的悲怆——我找不到准确的词句，姑名之曰“经典的忧伤”。几十年前，一个搞作曲的朋友就曾以一种神秘的口吻和我说：“在国外的音乐会上，每演奏一次《悲怆》交响乐，总有一个人去自杀。”我当时还没听过交响乐，对柴科夫斯基的《悲怆》从此怀着一种敬畏的心理，始终不敢去听它。倒不是捏心自己听后也去自杀，是担心坏情绪影响自己。好几天郁郁寡欢，这何苦来着。

后来，读了一些美学书、哲学书，当然也听了很多作曲家表达人类各种感情的伟大作品，对喜怒哀乐的感受都不那么浅表了，能上升到一种带点哲学意味的通达。知道柴科夫斯基的《悲怆》所要表达的是对死亡的一种无奈。在西方音乐中，与死有关的作品不止柴科夫斯基写过，还有施特劳斯的《死与净化》、瓦格纳的《恋之死》、拉赫玛尼诺夫的《死之岛》、肖斯塔科维奇的《第十四交响曲》和舒伯特的歌曲《死与少女》等等，不胜枚举。便是乐曲明亮如阳光的莫扎特，在其最后一部作品《A大调单簧管协奏曲》中，也表现了死亡。每个作曲家都通过自己的作品来诠释人类（也是万物）的这一必然规律。仅以莫扎特《A大调单簧管协奏曲》与柴科夫斯基的《悲怆》作个比较：如果死亡是形如西坠的夕阳，那么莫扎特眼里看到的是落山之后的那火焰似的红霞，他到此为止；而柴科夫斯基，他也能让你感觉到落日的一点亮色，但更多的似乎是那不可避免的越来越浓的阴影，最后是一片苍茫，结论是，日落之后的黑暗终将到来。几十年前那朋友说，每次听《悲怆》要死人，可能夸张，但如果对死亡没有超脱的看法，听了《悲怆》，那种压抑和不舒服倒是真的。难怪丰子恺先生称《悲怆》是“柴科夫斯基的关于死的音乐”。

乐曲开始，第一乐章就可以听出作品的悲剧性主题。从那哀婉的副部似可感知生命在弥留之际对生的依恋之情。然而，阴冷的铜管奏出的仿佛是东正教教堂里那不祥的挽歌旋律，告诉你死亡对谁都一视同仁。它要来了。此后，第二乐章那圆舞曲突然地明亮而美丽起来，颇有莫扎特的味道（柴科夫斯基一贯景仰莫扎特）。但这只是短暂的死之回光返照。很快，它就被像叹息似的音调所取代了。于是出现第三乐章。主部是戏剧性的谐谑，副部是进行曲式的，威武而刚健，显示出生命的最后抗争。当然，死亡最后还是来到了，一声声叹息，一阵阵呜咽和呻吟，颤抖的圆号吹出的是心脏的最后跳动……很多人听到这儿都会脊梁骨发冷。

柴科夫斯基告诉他的侄儿达维多夫说，这是他的安魂曲。不幸，一语成谶，就在《第六交响曲》首演后不几天，柴科夫斯基果真去世了，这部完成于1893年10月的作品，被他称为“把整个身心都融进去了”的经典，也成了柴科夫斯基的登峰造极之作。

柴科夫斯基普遍被认为死于霍乱。1986年，英国著名音乐学家大卫·布朗却宣称，柴科夫斯基系自杀身亡。俄国贵族丹波克—佛莫公爵向沙皇亚历山大告发柴科夫斯基与其侄儿搞同性恋。转交信件的是俄皇高级文官尼古拉·毕考节。这人恰恰是柴科夫斯基早年法律专科学校的同学。他担心这极为肮脏的丑闻会使柴科夫斯基声名狼藉，并有可能因此流放西伯利亚，同时也会影响到母校名誉。毕考节遂邀集六名同学到自己家中组成道德法庭，审讯柴科夫斯基，劝说和威逼他以自杀——对外则说霍乱——保存自己的名节。柴科夫斯基在别无选择的情况下只好喝下了他们送来的砒霜。

这位英国音乐学家大卫·布朗的说法自有其根据，是否确实如此，尚有争议。然作曲家的一生并不幸福，这是无可争议的。他生性胆怯而敏感，不善交游；年轻时当教师，生活清贫，只好寄宿于大音乐家尼古拉·鲁宾斯坦家，连大衣都是借人家的穿。他的一生没有热烈地恋爱过，婚姻是平庸而神秘的。让他真正动情的梅克夫人，却又始终只是精神上的恋人。晚年柴科夫斯基的生活是孤寂和沉郁的。知道柴科夫斯基的上述生平和个性，再听他那些总是充满忧伤的作品也就可以理解了。

愚蠢的人容易欢乐，而痛苦往往是很深刻的。这也就是为什么悲剧比喜剧更有力量的原因。我个人不是很喜欢施特劳斯父子那些甜得发腻的圆舞曲，两相比较，我更愿意去感受文学艺术作品中慢慢透出的那一点惆怅、一丝忧伤，乃至满腔悲怆，一如柴科夫斯基的《如歌的行板》、《云雀》、《船歌》，乃至这不朽的《第六交响曲》。

当生命的孤独、寂寞、痛苦，如小小的云雀，如一叶扁舟，如垂死的挣扎与呻吟，表现为一种空间或时间艺术时，便会产生美学上那种只能意会不能言传的所谓"忧伤美"。英国诗人雪莱称之为"悲愁中的快感"。读罢李白"故人西辞黄鹤楼，烟花三月下扬州。孤帆远影碧空尽，唯见长江天际流”，掩卷遐思：长江滚滚，大野茫茫，是生离的惆怅，还是死别的悲伤？一种感觉，一种和听柴科夫斯基作品同样的感觉涌上心头。只是音乐比文字更加细腻，更加震撼人心！

萧瑟的秋风中一片黄叶飘零了，兀自在草地上轻轻颤抖，偶现殷红，斑驳如血。如果这一司空见惯的现象能引发你对生命的沉思，你便能理解死亡和欣赏如秋叶般静美的柴科夫斯基的作品了。

英雄的柔情

提起贝多芬，若问是什么形象、什么个性，一百多年后的当代人只能根据肖像、传记、作品得出自己的看法。能把这三者结合起来研究，所得出的结论应该不会错，特别是作品，“风格即人”，对作家、艺术家基本如此。

先看肖像。最有代表性的是1819年约瑟夫·史迪拉为贝多芬画的那幅：一个硕大的脑袋、狮鬣似的头发、鹰似的锐利目光和刚毅的嘴唇。整个面部表情勇猛而桀骜不驯，没有一点儿柔情。

读贝多芬传记，才发现贝多芬的性格远比这幅画像复杂得多！可以说他是哲人、英雄、狂徒和多情才子的混合体。说他像个哲学家，是指他的思想和作为思想反映的作品之博大精深为任何音乐家所无法相比。“我要扼住命运的咽喉，绝不屈服！”仅此一语又足以道出这位被称为“波恩的英雄”的伟大作曲家的英雄个性。事实上，贝多芬一生中最伟大的几部作品都是在他双耳失聪之后写成的。“音乐”和“聋子”同时存在于一个人的身上，这是罕见的奇迹。贝多芬的行为同时又像个狂徒。他常愤怒地撕碎琴谱，用拳头猛砸钢琴，不间断地弹琴直到手指发烫又打盆冷水来泡，水因之经常从地板缝里漏到下面，于是又和人大吵大闹；一个贵妇人崇拜他，要他的一束头发留作纪念，贝多芬寄给她的却是一绺山羊胡子。如此等等。所有这些都怪诞而不近情理。但这还不是贝多芬的全部。他对他喜欢的女人的那份柔情使他又像个风流才子。他一生恋爱不断，和他有过恋情的名媛贵妇，少说一打。而最长的恋爱时间仅为六个月。

贝多芬如此与众不同的复杂性格在他的作品中展现出来的就是以“人类”、“自然”、“道德”、“命运”、“爱”等等为思考和表现对象的贝多芬精神。这使他的作品具有雄浑、磅礴的巨大力量。最有代表性的当然要数第五、第六、第九交响曲，这是代表贝多芬精神和风格的主流作品，是了解和研究贝多芬所必须听的。除此之外，如

《月光奏鸣曲》、《热情奏鸣曲》，乃至小小的《献给爱丽丝》，它们所描绘的又是贝多芬的另一个侧面，柔情似水的一面。

那么，能否只听一个曲子就可以领略贝多芬的这种复杂个性呢？既能听出那种具有哲学魅力的巨大包容性，又能感受柔软如丝似的温情。我以为在其全部作品中，《D大调小提琴协奏曲》即使不是最厚重的，也是比较准确和概括地反映出贝多芬精神和性格的一部作品。有的听众偏爱它胜过“贝五”、“贝六”、“贝九”，是很有道理的。“知否兴风狂啸者，回眸时看小于菟。”“兴风狂啸”是猛虎的标准形象，不会给人留下多少印象。但是如果这“兴风狂啸”的兽王柔情脉脉地回眸一看，就会十倍地动人。贝多芬《D大调小提琴协奏曲》的魅力就在于此。

乐曲一开始便是沉重的大鼓，短促、威严，一如虎啸龙吟。紧接着，像爆炸似的，整个乐队管弦交响，势如排山倒海。那第一主题不论是由乐队奏出或小提琴独奏，都是一种高昂、亢奋的情绪，呈现出一种英勇进取的态势。它会让人联想起“贝五”——《命运》交响曲那震撼人心的“叩门”声。不过这次开启的是一个庄严、辉煌的圣殿。乐曲的副部主题一经乐队奏出，就营造了一种圣洁、典雅的气氛。你不由自主地怀着从容、自信跟随作曲家进入这个殿堂。忽儿黄钟大吕，如大江东去，忽儿幽管细弦，如小桥流水，使人觉得满目生辉，美不胜收。末尾由小提琴演奏家艾涅斯库或奥伊斯特拉赫即兴发挥的华彩使这一乐章更显细腻，与乐队那千军万马般的气势相互衬托，对比反差，越是辉煌。

《D大调小提琴协奏曲》完成于1806年。当时，贝多芬正与一位匈牙利的伯爵小姐丹莱莎·勃伦斯威克相恋，并在她家的庄园里度过一个愉快的夏天。贝多芬把她叫做“身边开放的最美丽的花朵”、“最明朗的日子的香味”。了解这段恋情再听这部作品，就会从这雄狮似的英雄心中感受到那温馨的爱。且听第二乐章那抒情的慢板。由加了弱音器的弦乐奏出一种沉思、一种颂赞式的主题宁静而温柔，像是在感激和赞颂上苍给予人间的爱和幸福。当E弦上出现一缕缕明亮如丝的乐句，你才深知贝多芬性格中的另一面，才会明白这么多女人爱着这个头大身小、其貌不扬而又性格乖戾的伟大作曲家是不无道理的。

第三乐章是欢快的，像是信马由缰地驰骋。“春风得意马蹄疾，一日看遍长安花”就是这种好心境。小提琴时而轻快活泼，时而近乎俏皮，在主题反复出现之间，又穿插了一小段委婉动人、极富诗意的爱的倾诉。有人把这一乐章比喻为先白描、后着彩的徐徐展开的画卷，“满目生机，满目欢腾”，说得不错。

之所以说《D大调小提琴协奏曲》一曲听罢，可管中窥豹，略见一斑，如前所述，是因为这部作品具有高度的概括性和典型性。它宏伟而纤细，激烈又温柔，时而雄飞，时而雌伏；时而恣肆宣泄，时而凝神沉思，时而高歌朗诵，时而浅唱低吟；一忽儿暴风骤雨，一忽儿丽日蓝天，在火似的热烈中有水般的温柔，而止水般深沉中突地又喷涌出沸腾的激情……人类那无边的思绪、复杂的情感被这位超凡入圣的作曲家表现得如此淋漓尽致而又细致入微，这是文字和色彩无法比拟的。

贝多芬曾说过：“我知道我想干什么，因为基本观念始终都在尾随着我。”一生信奉康德的贝多芬的“基本观念”是什么呢？那就是万物皆有“引力和斥力”的对立而又统一的思想。贝多芬便是站在这一哲学高度鸟瞰世界和人生，使其作品达到别人无法企及的高度。他甚至把这一指导思想成功地运用在他的创作方法上，那就是以十二平均律不断“摧毁”（斥力）和“重建”（引力）他的音乐殿堂。听《D大调小提琴协奏曲》，你会惊异和赞叹贝多芬把如此对立的两极统一得这样的完美、和谐，天衣无缝。

毫无疑义，《D大调小提琴协奏曲》是贝多芬心情最好时期的产物。爱情给予的力量和鼓舞使他又在这一时期写出不朽的第五交响曲——《命运》和第六交响曲——《田园》以及专门献给丹莱莎·勃伦斯威克的《升F大调奏鸣曲》（Op.78）。遗憾的是，丹莱莎不久就离贝多芬而去。当然，多情的贝多芬不久又有了新的恋人，如深得海顿赞赏的女钢琴家、贵妇人玛丽·彼得，和曾是大诗人歌德恋人的勃伦塔娜等等。此去彼来，可以开出一长串名字。贝多芬从不隐讳他对女人的这种兴趣。在给他的朋友的信中他坦言道：“爱情，只有爱情才能带来持久的幸福……啊，上帝！让我得到她、找到她吧，她能使我变得更加纯正。”

以道德家的眼光看，贝多芬不仅不“纯正”，而且是个花花公子。但是，如果贝多芬的人性中没有这种泛爱（我不说滥爱），我们今天能听到《月光奏鸣曲》以及这首《D大调小提琴协奏曲》么？能有《命运》、《田园》的诞生么？不要说爱情是人性的弱点，应该说爱情本身就是一种人性。

人性是极为复杂的。一些盖棺论定的伟人，也有其作为普通人的弱点乃至劣根——作为动物共有属性的一面，但这并不因此说他就不伟大。任何一个哲学家都不能忍受牙疼，但你不能因他忍受不了牙痛就说他不是个哲学家。

贝多芬在致利希洛夫斯基亲王的信中有句名言：

“亲王过去有的是，将来还会有无数个，但贝多芬只有一个。”

内心世界如海洋般无比丰富的贝多芬给我们留下了多少不朽的、无与伦比的精神财富啊！

是的，只有这一个，才可能留下这一切。

说命运，道《命运》

说起命运，总带点儿神秘乃至迷信的色彩。男女老少，信“命”的人不少。一说就说这个人命好，那个人命不好。我常反驳持这种宿命论者说，善有善报，恶有恶报，按理上天应该公正才是。可人间的现实是：好人未必有好报，而恶人却常常活得很自在。这怎么解释？宿命论者的回答近乎诡辩：这正是命！信佛家因果轮回者，又是另一种说法，别看恶人今生好过，他来世绝对会受惩罚，或变猪狗，或终生饥寒交迫，受尽苦难，最后还不得善终云云。

我自是不信命运是注定的，无法改变的说法。但是你得承认，“命运”确有它的偶然性，即某种机遇。这种偶然机遇常常就会改变一个人的一生。因为这种机遇概率很小，这就增加了它的神秘色彩。难怪有人说：“命运就是机遇。”比如你骑车不慎撞伤了一个姑娘，你们因之认识而成为朋友，最后这姑娘还成了你的终身伴侣；又比如，一部偶然得到的《铁流》，可以使半个世纪前的一个热血青年扔下百万可继承的家产，毅然投身革命，从而改变了他的人生道路；再如你可能因某事匆匆而误机，却因之躲过一次空难，等等。我可以肯定地说，不管各种各样的偶然际遇多么不同，都有各自的离奇经历，但大都有“敲门”这一过程：第一次那姑娘如约而至，敲门；那个朋友把那本叫《铁流》的小说送来了，敲门；机票很紧张，终于临时搞到，敲门……

“登！登！登！”——“命运就是这样敲门的。”这是贝多芬创作《命运》交响曲时的一句名言。

凡听过《命运》的人，永远会记住开始时那震撼人心的两个乐句：

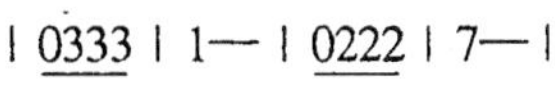

| 0333 | 1— | 0222 | 7— |

音乐家为我们解释说，贯穿《命运》主题的创作构想就是这个“命运动机”。开头的这个乐句正是这种“命运动机”的高度提炼和概括。贝多芬在回答他的学生辛

德勒时说，第一乐章的主题是“命运的敲门声”。贝多芬的作品被公认极具哲学思辨的色彩。用“门”和“敲门”来表现偶然和必然正是这种哲学思辨色彩最准确、最形象的表现。“门”，表示面对真相的时刻。它导致欢乐的团聚，悲哀的离别；一次陌生的造访，一个突然的逮捕；它可能是幸运的开始，也可能是灾难的突袭。通过门，我们的生命从一个过程走到另一个过程。有时是退却，有时是到达，有时是离去，有时是回归。总之，我们的命运以门的枢纽而旋转。如此想来，一扇普普通通的门，一开一合之间常常改变我们的命运。

“登！登！登！”，谁在敲门？是什么命运在等待着你？你竖起耳朵，几乎是竖起每根毫毛静听——贝多芬“命运的敲门声”开始时就是这样咄咄逼人的，凶险的，可有时它又是欢愉的和得意的。贝多芬以不同形式在各个乐章中反复出现的这个“命运动机”，时而倔强、紧张，时而悲戚、低沉，像一个模糊的回忆，又像一次深沉的思索。

一曲《命运》，那“登登登”的叩门声，每次听，都会引发我一些关于“命运的敲门声”的回忆。幸好，最初叩响我的门的不是给我带来灾难的凶神恶煞，而是一个绿衣使者。

1960年我还是个边疆医生，一个业余文学爱好者。记不起确切的日期，只记得是个旱季的有雾的早晨，大雾凝成的水滴从上一片树叶滑落敲响了下一面树叶，在长满印度菩提、芒果、香蕉的我的小小的卫生所周围，便不断传来“得”“得”的响声，显得非常幽静。

“登！登！登！”有人敲门。我想是个急诊。开门时是邮递员。他说有我的挂号信，想是要紧事，一大早就送来。

我看信封上写着：上海文艺出版社。我从未和他们联系过，何故找上门来，而且还知道我的地址？忙打开仔细阅读。这是封约稿信，大意说，在一些报刊上零星看到我的一些诗作，很喜欢，已经剪辑了一部分，请我再补充一些，他们准备为我出个集子，希望得到我的支持。“此致，敬礼！”临末是出版社的红印和一个叫“蒯斯曛”的签名。

我当时感动莫名，真想抓住邮递员的手，说他给我送来了好消息，抬头看，他不知何时已经离去了。“此致，敬礼！”该是我向出版社敬礼，向这个叫“蒯斯曛”的人敬礼，向邮递员敬礼！

我很快编好了这个集子，寄给蒯斯曛，1960年3月，这本小32开的诗集在上海出版了，它就是我的处女作《澜沧江之歌》。

《澜沧江之歌》出版在所谓“三年困难时期”。纸像马粪纸，印数只有3000册，但这本小册子的出版却从此改变了我的命运。它证实了一个当时默默无闻的边寨医生的价值，让我确立了把这条路走到底的决心和信心。我并不认识那个叫“蒯斯曛”的人，当我几十年后知道这是一位出版界的老前辈时，蒯斯曛先生已经作古了。他永远不知道是他的热诚和敬业精神促使一个乡村医生成了一个作家。

“登！登！登！”我永远记住四十年前那决定我一生命运的敲门声。没有那次敲门，可以肯定，我现在是另一种职业，另一种生活，另一种命运。

这一次“命运的敲门声”一如贝多芬《命运》交响曲所出现的那个“命运动机”，但它似乎是隐匿的（叫我想起西双版纳蒙蒙的雾）、安详而平和的，占主导地位的一段如歌的旋律，非常明朗、感人，甚至还短暂地显露了一种洋洋自得的英雄气概。一百多年前贝多芬写出这部作品时，无论如何也想不到它竟然准确地表达了一百多年后一个生活在中国少数民族地区的青年于“命运”敲门之后的心情。

自然，贝多芬的《命运》交响曲绝非一曲到底都充斥着辉煌而抒情的旋律。恰恰相反，命运多桀，贝多芬的《命运》交响曲是激烈的、亢奋的，充满了不屈不挠的英雄气概。现实生活中大多数人的命运总是顺境和逆境交相出现，包括我自己的命运都是如此。且不说在全国人民“史无前例”遭受大劫难的日子，批判、隔离、抄家，我未能幸免，便是此后，明枪暗箭、被阴谋算计、匿名信诬陷的事也纷至沓来。虽说到了改革开放的日子，无奈乍暖还寒，“左”风频刮。终于，某日，贝多芬《命运》中那凶险的叩门声在我的生活中也响起来了：“登！登！登！”开门处，以“阶级斗争为纲”的张目者青嘴绿脸地出现在我的面前，在“文革”结束多年之后又“代表组织”宣布“立案审查”我“文革”中的“问题”。像是一场闹剧，数年之后，换了个“代表组织”的人又向我宣布“什么事也没有”。

至今回忆起那次“命运”的敲门声确乎是咄咄逼人的、

险恶的。我因之此后便经常听这部伟大的作品，越听就越受鼓舞，越听就越发坚定了这一辈子要战胜命运的决心。

厄运的来临不会事先通知。贝多芬的这首《第五交响曲》因之没有任何“前奏”。一开始就是那吓唬人的“敲门”声。悲剧性的主题听起来非常沉重。与之抗争的英雄时而沉思，时而幻想，并不断积蓄力量，充满自信地为与命运作最后斗争做好准备。规模宏大的最后乐章也响起来了，那是凯旋式的进行曲，充满了光明、欢腾和胜利的情绪，它使我想起贝多芬的名言：“我要扼住命运的咽喉，绝不屈服！”在和命运的决斗中，大无畏的英雄终于战胜邪恶势力取得了最后胜利！

想想过去在逆境中我未被“命运”击垮，照样写作、出书、获奖，一切都如贝多芬这部伟大作品所概括的：尽管生活的道路充满艰辛、布满荆棘，但只要对人生抱乐观进取的态度，对社会有崇高的责任感，就会百折不挠地和噩运作抗争，最终“扼住命运的咽喉”。音乐家不能听到声音和画家不能看到色彩同样是命运对人的沉重打击，但伟大的《田园》、《命运》、《第九交响曲》全是在这位作曲家于双耳完全失聪之后写成的，这证明了具有英雄气概的强者定能战胜噩运！

自然，一个人一事或一生的成功有其主、客观的原因。才干和能力是主观因素，能否碰上那个机会是客观因素。同样，噩运之于人亦如此。它的降临是客观的，不以人的意志为转移的，比如疾病、灾祸。但能否从容接受它，并与之抗争却是主观决定的。这种例子除贝多芬之外举不胜举。

一个人，如果听任命运的摆布，逆来顺受，他当然只有趴下“认命”了。同样道理，一个人平时没能锻炼好能力，显示出才干，碰上天赐良机也是白搭。这种主观改变客观，偶然取决于必然，正是贝多芬这部作品的伟大哲学思辨的光芒。

说命运，道《命运》，我的结论是：

噩运并不可怕。事实上，命运女神是喜欢帮助勇者的。她已向贝多芬微笑过，并将同样向一切勇敢的人露出她灿烂的笑容。

听《田园》，思田园

贝多芬第六交响曲俗称《田园》交响曲，这是贝多芬自己命名的。贝多芬一生热爱大自然，他说："没有人比我更热爱田野了。"带上笔记本到树林和田野中散步是他最惬意的事。1803年的笔记本上甚至可以看到他用音符记录下的小溪潺潺的流淌声。他还经常冒雨出游，淋得浑身透湿而忘乎所以，在波恩有"濡湿的贝多芬"的绰号。贝多芬敬畏上帝。但这个"上帝"并不是主宰万物的那个神，而是大自然。"因为德国是泛神论最繁荣的国土，泛神论是德国最伟大的思想家和优秀艺术家们的宗教。"（海涅）一部《田园》，表现的就是贝多芬对他心目中的"上帝"——大自然的无限热爱、敬畏和感激之情，更重要的还表现了人面对大自然的感受和他的精神世界以及这种精神如何与自然融为一体。这也就是中国古老哲学“天人合一”的思想。

都说听贝多芬的作品很累。的确，一个卑琐的、脆弱的心灵是经不起贝多芬震撼的。便是相对于“贝三”(《英雄》)、“贝五”(《命运》)要和谐、明朗、欢愉得多的“贝六”(《田园》)，也绝非小桥流水，同样具有贝多芬那英雄式的强有力的呼吸，有股子坦荡的“大气”，却又不乏其亮丽乃至柔媚的细部。它有如中国画大师的作品，既有泼墨的大写意，又有工笔的细描绘。

我曾经说过，平生两大爱好，一是大自然，一是西方古典音乐。贝多芬《田园》交响曲把我的这两大爱好统一到一起了。当我蜗居城市的水泥匣子里怀念大自然时，便常听《田园》，我觉得它所给予我的甚至比置身在大自然中要多得多！不仅“看”到一派音画描绘的有声有色的自然风光，而且还被引导而徜徉于远比田野更为宽阔的心灵的原野上。诚如贝多芬所说，“《田园》交响曲不是绘画，而是表达乡间的乐趣在人心里所引起的感受”，虽然于我，这感受既明媚，也苦涩。

《田园》一共五个乐章。每个乐章贝多芬都写了标题，这在他的作品中是罕见的。他同时反复强调：“它是感受多于音画。”

每听《田园》，它所描绘的莱茵河畔的田野和乡村景色总让我回忆起我所熟悉的另一些风景。虽然东西方的风光和民情差异很大，但人对自然的感受是相同的。诚如卢梭所言，“音乐不能直接地表现事物，但它能在人们心灵中产生经由视觉形象所引起的同一情感”。听着《田园》，我们会和贝多芬一起思考一个古老的哲学命题：人与自然。

第一乐章《到达乡村时的愉快感受》

我的乡村和贝多芬的乡村不一样。贝多芬的乡村田野开阔，闪亮的莱茵河从远方流过，苹果树林、麦地、奶牛和光顶的教堂，都洒上一片和煦的阳光，微风过处，有牧笛在呜呜地吹。

我的田野很狭小。在多山的云南，把这种狭小的山间平原叫“坝子”。我更多熟悉的是我青年时代在那儿生活和工作了十七年的傣家坝子。那时的傣家坝子到处也是一丛丛墨绿的树林，树林深处是一幢幢小巧的傣家竹楼，如一艘艘小船浮在绿色的波涛上。当一株高高的槟榔树上升起一片白云，小船似要扬帆远航了。干季，蒙蒙的晓雾缓缓散开，一缕缕金色的阳光迅速照亮整个平坝，枝叶间开始传出各种鸟儿的叫声。空气透明如水晶。微风掠过，被雾水湿透的菩提叶便像一只只蝴蝶翻飞着，闪闪发亮。缅寺的红瓦重檐、白塔经幡……这一切使这儿的景色无法取代。

走在这样的田野上，我常驻足远眺，不禁为这独特的景观悠然神往。其时，心境平静如止水，常常意识不到自己的存在。莱茵河畔的田野和澜沧江畔的田野风光差异何其大啊！《田园》第一乐章一开始给我的却是一种似曾相识的感受：明亮的阳光、清新的空气、鸟语花香……所有大自然的色彩、声音，一切活跃的律动在我的内心都化成了一片安宁。

是的，当我静静地眺望田野时，我的感觉是最美妙的：站成一棵树，和大自然融为一体。

第二乐章《溪畔小景》

贝多芬称《田园》为“音画”。第二乐章最具“画”

的色彩。似又不是的绝妙音乐造型让你好像置身在一条徐缓的、潺潺流动的小溪旁。如果你能分辨出带弱音器的大提琴和法国号的声音，你就开始听到乃至看到这多姿的小溪了。我非常熟悉这种小溪。它蜿蜒于幽静的山谷间，有时穿过小小的礁石，溅起一朵朵水花，水中漂浮着如丝绸般的水草，礁石上敷着湿漉漉的青苔，有蓝翅膀的蜻蜓在萦绕。小溪喧闹着，跳跃着，在一个转弯的地方它平静下来，让一朵飘落的野花在水面旋转。微风掠过，细碎的波光潋滟，清澈如玉的水里扭动着卵石，小小的鱼秧儿那么悠闲自在。翩翩的翠鸟时断时续地点触着水面……第二乐章很容易让人回忆起某条小溪以及由这些景物"唤起的同一情感"。

似乎还有一个人坐在溪畔。是陶醉还是沉思？是贝多芬还是我自己？音画里的这些先由凝重的大管，稍后由中提琴和大提琴，后来是由长笛和小提琴反复描绘，并不断衍化着这个沉思的人的思绪：是小溪源头的冰雪在悄悄融化？是百川归海的匆匆忙忙？是两岸土地在吱吱吸吮？抑或，是上帝琴弦的轻轻拨动……于是，有鹌鹑（双簧管）、杜鹃（单簧管）、夜莺（长笛）歌唱了。

多么动听！多么美丽！多么谐和啊！人，规规矩矩地置身其中，不捣乱，不破坏，他也那么谐和，既享受着大自然，自己也成了美丽的风景。

第三乐章《乡民欢乐的集会》

这是一个高歌狂舞的狂欢场面。尽管贝多芬自己说“田园交响曲不是绘画”，这一乐章还是远比绘画要给人以更生动的形象和更丰富的想象。

开始三拍子的节奏是轻松、活泼的。那是乡土的华尔兹，兴高采烈。随后一支双簧管似在描绘一个穿着宽摆长裙的农家少女。她是那么单纯、活泼，她的裙子因旋转如花朵般开放。在低沉的大管声中，好像又是一个淳朴的老农，他蹲在一个大啤酒桶上，以他破旧的乐器为跳舞的人助兴，却老吹不成调，老是“慢半拍”，两个简单的音不断重复,6（拉）3（米）6（拉），谐趣横生。随着节拍的改变，又出现一段粗犷的农民舞曲。那些穿着木屐的农民加入了舞蹈行列，气氛更其热烈。当舞曲回到快速旋转的三拍子后，妇女的卷发披散了，半醉的男人鼓掌、喊叫，狂欢的场面使兴奋情绪达到高潮……突地一声雷鸣，在暴风雨到来之前，这场乡村的狂欢舞会才告结束。

以上是德国杰出的作曲家柏辽兹（1803—1869年）为这一乐章描绘出的动人画面。也许我这个爱乐者熟悉的只是澜沧江畔傣家的狂欢节——泼水节，《田园》第三乐章让我想到的只是泼水、象脚鼓、赛龙舟、放高升。“音画”描绘的景物当然不一样，狂欢的情绪却是完全相同的。在歌声、象脚鼓和铓锣声中，傣家姑娘的筒裙同样如花朵般开放，同样有半醉的男人不成调地边歌边舞，当一桶桶水迎面泼来时，鼓掌、欢笑、喊叫同样把场面推向最高潮！

音乐表达的是人类共有的情感。虽然《田园》的这个乐章所描绘的画面是特定的，但其内含的欢乐情感却是人类共有的。这也就是为什么它能很快让我回忆起另一个狂欢场面的原因。正如贝多芬所说，“它的感受多于音画”。一百多年之后，当一些来自莱茵河畔的贝多芬的同胞，还有来自多瑙河、密西西比河、尼罗河的客人也能参与澜沧江畔的泼水节，音乐所给予人的想象空间就更加广阔无边了。想到什么呢?

地球是我们的共同家园。“一切人类成兄弟!”

第四乐章《暴风雨》

在整部作品中,第四乐章的“贝多芬精神”最为鲜明。当低音提琴混浊的吼叫和短笛的呼哨响起,一场暴风雨来了。然后整个乐队的声音像是从高空钻到地底。看得见闪电裂云,听得见狂风怒号,长号、定音鼓制造了炸耳的雷鸣和雨脚掠过大地的哗响,大地都为之震动。正如音乐家们所说,这不是暴风雨的表现,这就是暴风雨本身。在《田园》中,第四乐章具有强烈的震撼力量。典型的贝多芬风格!典型的贝多芬精神!客观上,贝多芬是在表现对大自然的另一种存在方式的感受,是对“上帝”的敬畏。但它何尝不是贝多芬自己主观的英雄气概的宣泄呢?缺少这个乐章就不是贝多芬,不成其为《田园》。因为它少了一种美学上的对比(特别是和《溪畔小景》的对比)所产生的相辅相成的美感。黑格尔说:“音乐就是把对立的情感和两个思想极端结合在一起。”贝多芬历来是站在对立统一这个哲学高度进行创作的。便是以田园生活为题材的作品也是大气磅礴，不同凡响。

第五乐章《暴风雨过后的愉快和感恩的情绪》

终于云收雨散，风和日丽。雨后清新的空气中牧笛的声音更显悠扬。一曲感恩的颂歌贯穿乐章始终。它安宁而又幸福，喜悦的心情犹如普照大地的阳光……整部《田园》就这样在对大自然的颂赞中结束了。

每次听罢，我都要陷入久久的沉思。

田园——大自然——地球，我们和赖以生存的这个地方是什么关系？在贝多芬眼里它就是上帝。它是美丽的、慷慨的、慈祥的，同时又是威严的。就算不是上帝，也应该如中国先贤说的“天地与我并生，而万物与我为一”（庄子），我们和自然应是一种和谐发展的关系。然而愚蠢的人类却以“主人”自居，只知索取，只知糟蹋，甚至还把大自然当成敌人，要“征服自然”。于是威严的大自然的惩罚纷纷临头：干旱、洪水、泥石流、酸雨……在一些地方溪流干涸了，田园荒芜了，牧笛消失了……这并非空洞的议论，事实上，就在几年前我曾寻觅过儿时记忆中一条结着红的野草莓、开着黄的打破碗花花的小溪和远山苍绿的森林，看见的却是浮着白沫的造纸厂的污水和光秃的山坡，回家来便只有悲哀地在《田园》中找田园——我的精神家园。

我最后的想法是，如果物质的田园不复存在，温饱都成了问题，又哪有什么精神家园呢？

唉！《田园》，我的田园！

四季人生

西方古典音乐中，以四季为题材的音乐作品最著名的有两部。一是意大利作曲家维瓦尔第（1678—1741年）的小提琴协奏曲《四季》，一是柴科夫斯基的钢琴套曲《四季》（一译《十二月》），两部我都喜欢。这里我只谈维瓦尔第的《四季》。

作曲家大多穷愁潦倒，唯有维瓦尔第终生过的是一种富裕的、挥霍无度的生活。直到死在一个寡妇家，才以一个平民的葬礼结束他的一生。他生前的公众形象可不怎么好。但音乐史家在指出他享乐、虚荣、吹牛等等坏品质时，还是公正地指出他毕竟是18世纪协奏曲的先驱。就是他，把当时流行的复调大协奏曲改造成一种只为一种乐器而写的协奏曲。维瓦尔第之后，管弦乐多了一种表现形式，出现了很多深受听众喜爱的传世佳作。在这一点上，维瓦尔第功不可没。我国著名的小提琴协奏曲《梁山伯与祝英台》采用的也是维瓦尔第首创的这一形式。

维瓦尔第努力实践他创造的这一音乐形式，毕生写了447部协奏曲，大多数鲜为人知，听众最熟悉的还是这部《四季》。评论家认为，以今天的眼光看，他的表现手法比较幼稚和直观。然而那“意想不到的重音，直率而热烈的风格以及突如其来的主题”仍然使《四季》至今有它独特的魅力。

在我眼里《四季》是四幅色彩绚烂的水彩画。18世纪欧洲的自然景观和人文景观直如耳闻目睹，有一种鲜明的视觉效果。维瓦尔第在发表这部作品时，配上了他自己写的十四行诗，如能对照着欣赏，你不难感受到“春天来了，无限欢欣”的情景：小鸟歌唱，清泉流淌，阵阵春风春雨春雷，雨过天晴，百花盛开，牧羊人躺在簌簌作响的草丛里吹着他的牧笛。在夏天，可以听到斑鸠和金翅鸟的叫声，赤日炎炎，慵困难熬，接着而来的是夹着冰雹的暴风骤雨和雷鸣闪电。然后到了丰收的秋季，乡村舞会上似乎听得出醉汉啰唆的语言，还有他们粗犷的动作和踉跄的步伐。入夜，是明净的空气和凉爽的树荫，第二天村民们又去狩猎。猎狗的追逐、号角、满载而归的猎人…… 在最后一曲《冬》里，维瓦尔第描绘出大雪、北风、雨雪纷飞和冷得打战的人们——他们仍在忘情地滑冰。“这就是冬，它带来了欢乐无穷。”

整个是一组欧洲 18 世纪的音乐风情画。

同样是描写大自然，比起贝多芬第六交响曲《田园》，维瓦尔第的《四季》就显得肤浅。它只满足于表面的描绘，缺乏贝多芬的雄浑和厚重的哲学深度。“四季”于音乐实在是一个好的命题，可惜至今我只听过两部《四季》，不管是维瓦尔第的或柴科夫斯基的，美则美矣，总觉得过分局限于具体的形象和风光描绘，缺乏更深层次的内涵。比如，可否由此深入地对人生的四季也加以表现呢？能否引导听众悟出自然与人的微妙谐和呢？

庄子云：“天地有大美而不言，四时有明法而不议，万物有成理而不说。”（庄子:《知北游》）亘古以来，运转着的这种自然规律的伟大与永恒，你越是思考便愈觉得古人“天人合一”之说是很有道理的。遗憾的是，天地之“不言”、“不议”、“不说”，常常导致我们的无视和无知，因而要徒劳地去抗拒它，企图改变它，其结果往往是事与愿违。

生命的诞生是偶然的。人的生命也如此。亿万精子中的某一个，率先幸运地进入卵子。这亿万分之一的概率，偶然地使一个生命诞生了。此后，一切都成了必然：必然地要呱呱坠地，必然地要成长壮大，必然地要繁衍下一代，必然地要收获，必然地要衰老，也必然地要死亡。这整个过程和自然界、和万物的规律是完全一样的——人生也有四季。

我们来到这个世界上，就是种子破土出芽了。一方面充满了茁壮成长的生命力，一方面又非常稚嫩，缺乏抵抗力，很容易遭到病虫害的侵袭。生命有可能在这个时候呈现不健康的生长态势：扭曲、缺陷、病态甚至消亡。这个时候的生命需要充分的阳光雨露，需要精心的呵护培养，才能健康地、茁壮地成长，才可能长出花蕾，开出鲜艳的花朵。这就是人生的花季，生命的春天。

生命的夏季是葱茏繁茂的，生机勃勃的。它在努力地积蓄生命的活力。你可以看到一株栋梁之材在迅速成长，一树丰硕的果实在贮存甜蜜。突然的灾害也会在这个时候降临，霹雷闪电，暴风骤雨，有的果实坠落了，有的枝干折断了，那些顽强地在逆境中不屈的生命最终又会迎来雨过天晴阳光灿烂的日子。可能受到的一些伤害不要紧，经历风雨洗礼之后的生命只会更加成熟，更加坚强！

终于进入一个收获的季节。生命的果实成熟了，栋梁之材长成了，生命既给哺育者以回报，也体现出自己的生存价值。它不是只为自己而活着。这是生命的秋天。它是金色的，光辉灿烂的，当然也绝非是停滞不前的。“夕阳无限好，只是近黄昏。”终于花谢叶落，果坠枝枯，虽是落霞满天，却已进入生命的秋之黄昏。

步履蹒跚，白发如银。当生命的冰雪覆盖头颅时，冬天来到了。维瓦尔第的《四季》中，我以为恰恰是“冬”，写得最不一般，最富生命力。它写了炉火的温馨，写了冰雪中滑倒又起来的溜冰者，最后一章还描写了“似乎要冲出铁门的热风、北风和怒吼的大风”的激烈混战。“这就是冬，它带来了欢乐无穷。”维瓦尔第就这样一面以音乐，一面以十四行诗热烈地颂赞着四季末日。

末日当然就是死亡。这是事物的普遍规律。别说生命，从宏观看，宇宙中的每个星球都有它诞生和消亡的过程。一个人——从平民百姓到帝王将相，生、老、病、死，生命在这一点上是非常公平的。此前已有亿万人先你而去，此后还会有亿万人接踵而来。不管你吃什么药，练什么功，你都无法永远活着而不死。“万寿无疆”、“永远健康”，本是彻头彻尾的谎言，却能使“英明”、“伟大”的人物接受，这是很奇怪的。中国人历来不正视死，讳谈死。全世界最早地、也可能是唯一喊出“万岁！万万岁！”口号的就是中国人。这实在是很可笑的。相反，在西方国家，人们敢于正视死亡。在德国，一些中学的课程里就有关于死亡的内容。在瑞典甚至孩子很小时，老师就带他们到太平间看看死人，触摸一下，让他们从小知道，这是生命规律，不用害怕。

一个人若懂得了生之偶然和死之必然，也就明白生命的质量不在于它的长度而在于它的密度，即怎么过好人生的四季：怎样让生命的春季健康茁壮，让生命的夏季葱茏繁茂，让生命的秋季硕果累累，最后，当生命的冬季来临时，就像蒙田轻松道出的，“收拾好行装，准备随时上路”。

我以为，谁参透这一点，他就懂得生命的真正意义了。

“冬天来了，春天还会远吗？”一个四季结束了，新的四季又开始了。生命便这样生生不息地繁衍、进化。想到你的遗传基因又因此活在新的生命里，想到你生命的元素永不会消失——春天，哪怕坟头只有一朵孤独的小花在风中摇曳，达观者都会看成这是永恒生命的灿烂笑容。

最初和最后的杜鹃

杜鹃，是花名，也是鸟名。我这里说的是鸟和与这种鸟相关的音乐。

杜鹃，又叫布谷、郭公、杜宇、子规、伯劳，大多叫“布谷鸟”或“杜鹃”。不讲那些与杜鹃有关的故事和传说，只说它的叫声，因为谈的是音乐。

杜鹃的叫声城里人是听不到的。某些山清水秀的山村也得在春天方可听到。说“人间难得几回闻”并不夸张。

杜鹃是一种固执的鸟。古人说它一叫就要叫到嘴出血，曰“杜鹃啼血”。它的叫声其实并不婉转，甚至很单调，“布谷！”、“布谷！”，老是那么重复，却有着一种说不出的圆润，并不嫌烦。这挺怪。我想可能和它叫的时候是春天，叫的地方总是桃红柳绿，水清云白有关，那单调的声音听起来也悦耳了。

我小时家乡的生态环境非常好。蓝天下雪峰灼灼，化成的雪水滚滚如流玉，“杜鹃枝上杜鹃啼”，山上的杜鹃花开时，杜鹃也叫了。“布谷！”“布谷！”此呼彼应，此时柳条在春风中飘荡，花朵在蝶翅下绽放，空气清新，太阳温暖……谈及杜鹃怎能忘记儿时初闻杜鹃叫声的记忆呢！

及至昆明上学，身居闹市，自无杜鹃。后到西双版纳工作，也常到山寨，见过不少奇奇怪怪的热带鸟，就是没有杜鹃。想是和鸟儿的分布习性有关。

很是怀念这种鸟儿，便唱有关杜鹃的歌。有一首波兰民歌就叫《小杜鹃》，歌中唱道：

“小杜鹃叫咕咕，少女寻找丈夫，看她鼻孔朝天，永远也找不着，咕咕！咕咕……”

我也跟着“咕咕”。听不到杜鹃叫便只有自个儿叫了。

后来，我认识了一个印尼归侨姑娘，她就是我现在的妻子。她在海外学过音乐，会弹钢琴，会拉手风琴。我记得她在西双版纳用手风琴给我拉的第一首曲子就是佐纳逊（1886—1956 年）的《杜鹃圆舞曲》。佐纳逊是瑞典作曲家，早年放无声电影，需要人在旁边钢琴伴乐，佐纳逊当时在斯德哥尔摩一家“金杜鹃电影院”里干的就是这种工作。《杜鹃圆舞曲》就是在这种情况下即兴创作的。佐纳逊并非是那种有名的主流派作曲家，但你得承认这曲子的确写得不错，通俗易懂，又非常典雅，连正规的管弦乐队也常演奏它，比起施特劳斯的一些著名的圆舞曲它毫不逊色。

这是我最初认识的杜鹃，在大自然中听到的和在音乐中听到的杜鹃。

此后很多年，大约是 1986 年的春天吧，我在贵阳的花溪听到一群而不是一只杜鹃的啼叫。叫“花溪”的那条溪水颜色是嫩绿的，我们住的那叫“碧云窝”的地方从名字就可想见它有多美。花溪两岸有很多树。一条清静的白沙路两旁种了两排高大的法国梧桐，那些杜鹃便停在树上叫个不停。早晨叫，中午叫，甚至月色朦胧的夜晚也叫。“两边山木合，终日子规啼。”记不清这诗句出自哪位诗人笔下，1986 年花溪的杜鹃就是这样“终日”叫唤的。贵阳多雨，下雨时杜鹃的叫声也不停，且更加圆润，好像都化成雨滴，滑动在树叶上，串在秧针上……花溪杜鹃啼是大自然在我一生中所给予的最慷慨的馈赠。

但这也许是最后的给予。因为从那以后直到如今花甲之年，我就再也没听到杜鹃的叫声。

我曾经寻觅过，指望能再一次听到。两年前的春天我回到故乡，看到的是商品经济带来的热闹，一幢幢钢筋水泥的房子盖起来了，农贸市场熙熙攘攘，乡音里竟然夹杂着四川乃至温州人的谈话，卡拉OK厅，电子游戏室……过去没有的出现了，过去有的消失了，东山、西山的森林不见了，山顶的积雪消融了，水瘦了，山寒了……儿时开满了打破碗花花、结满了野草莓的小河边堆放着这迅速膨胀的小镇的排泄物：塑料袋、碎玻璃、破衣物甚至还有一条死狗。记得儿时，每到这个季节总会听到杜鹃的叫声，这次在故乡待了多日却再也听不到。真不知道它们飞到什么地方去了？

又回到城市。耳畔当然只是那没完没了的汽车声和附近工地传来的阵阵喧嚣。我悲哀地想，这一辈子恐怕是很难再听到杜鹃的叫声了。

那么花溪呢？那当年杜鹃群集的地方也许还能听到吧？问贵阳的朋友，回答也是“听不到了”。那里的青山绿水是否依然如故？但从听不到杜鹃的叫声，我已经明白。

看来杜鹃是一种对生态环境极为敏感的鸟儿。它与透明的空气、纯净的水、安静的山野同在，一旦废气、废水、噪音出现，杜鹃也就消失了，杜鹃虽是春天的鸟儿，腌臜和丑陋的春天却没有杜鹃。城市里也没有杜鹃。

但北欧某些城市的春天，据说就有杜鹃啼叫。这多么叫人羡慕！而我，现在只能从佐纳逊的《杜鹃圆舞曲》里听它的声音。

我们失去了纯净、宁静的自然。

我们失去了杜鹃。

生活中，有的东西要习惯于失去，但有的，你不能失去，否则，便只有永远地、艰苦地寻觅——

我现在就得去找另一首写杜鹃的曲子：英国作曲家弗里德里克·戴留斯的管弦乐曲《春日初闻杜鹃啼》。

学会幽默

我其实只是个普普通通的爱乐者。对那些有三四个乐章的大作品，听前听后，还得查阅相关资料，以帮助自己听懂。像读艰深的《楚辞》，要彻底弄明白，也要查工具书。有时写些与音乐有关的文章，无非借用文字谈谈听乐感受，供诸同好交流心得体会。些许音乐方面的皮毛知识，在行家听来难免贻笑大方。

比如西方音乐中“幽默曲”和与其相似的“诙谐曲”（一译“谐谑曲”）我开始就弄不懂。音乐中的喜怒哀乐是容易感知的，可幽默呢，别说用音乐表现，便是用语言、文字，一下子要“恍然大悟”，然后“会心一笑”，也并非人人都有这点悟性——何况以音乐表现幽默？

幽默曲，包括相似的诙谐曲，据一些音乐工具书解释是“一种三拍子的器乐曲，其特点为速度轻快，节奏活跃而明确，带有舞曲性和戏剧性的特征”。幽默曲除具有诙谐曲特点外，“旋律性更强”、“有幽默与幻想的特点”。解释“幽默”而用“有幽默的特点”作答，这本身就够“幽默”。最终听解释者还是一头雾水。

于是听幽默曲。最具代表的当然是德沃夏克冠以“幽默曲”之名的那一首。这一首短小的曲子几十年前就听过，此后不时也听听，已经会哼。坦白地说，我只听出它“速度轻快”、“节奏活跃而明确”，到底“幽默”在何处，实在听不出来。肖邦、格里格等人都曾写过诙谐曲或幽默曲，对音乐中的这种“诙谐”、“幽默”，我始终找不到感觉。这足以说明在西方音乐的爱乐者中，我可能还是“小儿科”。

我反复琢磨这个道理。“幽默”，汉字原先没这个词，是外来的。它是英语 Humour 的音译。照《辞海》解释，幽默是“通过影射、讽喻、双关等修辞手法，在善意的微笑中，揭露生活中乖讹和不通情理之处”。照这条解释去理解音乐中的幽默曲，似乎有点风马牛不相及。查“诙谐”一词，解释为“说话有趣，引人发笑”，再查“谐谑”条，定义为“(语言)滑稽而略带戏弄”。把这三个词条融汇在一起去思索，似有所领悟。即三者有一个共性：有趣。这是否就是用以解释“幽默曲”时用的“戏剧性”、“节奏活跃”的意思呢？

这样，又把德沃夏克的《幽默曲》找出来听。终于从乐曲那明显的切分节奏中听出了戏剧性的活跃。

× × | <u>×</u> × · |

这时断时续的节奏给人一蹦一跳的感觉，然蕴含其中的旋律却又是朴实和亲切的，我突然想到了哈谢克笔下的《好兵帅克》，尤其是据此改编的木偶剧，那蹦跳的节奏和帅克有趣的、憨厚可爱的形象一下子和这首幽默曲水乳交融在一起了。舞曲性的旋律甚至还描绘出捷克夏日农庄日落黄昏之际，村民在一起欢乐歌舞的情景。舞者双目对视，不时有会心的微笑，这种“会心”，也许是舞者夸张的动作，也许是相互挤挤眼睛，总之因“会心”而“微笑”，显得那么亲切而友善。

德沃夏克和哈谢克同是捷克爱国主义的作曲家和作家，如果你看过《好兵帅克》，在听幽默曲时就不难理解长期处于异族统治下的捷克民族这种乐观主义和善良朴实的民族精神，就能听出那种快乐和风趣的幽默感。

“幽默”于语言文字中出现肯定要早于音乐。“幽默曲”最早的创作者是德国作曲家舒曼（1810—1856年）。1839年，当舒曼创作出他的第26号作品时，第一次把它取名为“B大调幽默曲”。评家认为，本曲“以各个段落的表情极其富于变化为特征，是这一体裁最早的成功范例”。遗憾我至今尚未欣赏过舒曼的这首曲子。

谈到幽默就会让人联想到轻松活泼与笑。听“幽默曲”可以给人以这种情绪。但幽默的笑不是捧腹大笑。引起捧腹大笑的是滑稽而不是幽默。幽默更深刻。它所引发的是微笑，是友善的和心照不宣的。

我能欣赏用语言文字表述的幽默，但以音乐来表现幽默，要欣赏它，对任何人，特别是不太接触西方音乐者，恐怕都有个学习过程。

要学会欣赏幽默，最好是从欣赏文学艺术作品的幽默开始。幽默不是比较表相的喜怒哀乐那么容易感觉到和容易理解。幽默是一种深层次的感受。一句幽默的话常常要略加品味才悟出来，然后才能“会心一笑”。文学作品中，梁实秋、汪曾祺、王蒙的作品就有一种幽默感。记得梁实秋一篇叫《音乐》的随笔里，说音乐“在所有的艺术里，是最富有侵略性的”。人人都可回忆一下卡拉OK厅里那种如驴鸣猪叫而又不得不听的噪音，就会对“侵略性”一说发出会心的微笑。汪曾祺也有篇文章就叫《说幽默》，在列举了我国几个幽默故事之后，结尾突然冒出一句：“左派恶人”，不懂幽默。想想“左派恶人”那正襟危坐的嘴脸和放之四海而皆准的言谈，就觉这话挺幽默。

总以为西方人才幽默，固守中庸之道的中国人缺乏幽默感。不然。只是历次政治运动使中国人不得不套上假面具罢了。如果每个人的天性都得以自然表现，幽默的中国人会很多。

王蒙说“幽默感是智力的优越感”，这倒是真的。所以幽默又并非人人皆能。它是一种智慧。而理解幽默同样也需要一点心性，需要学。读文学作品、看漫画，乃至听听音乐中的“诙谐曲”、“幽默曲”，都有助于培养这种优越的智力。

生存竞争越来越激烈，我们的生活也越来越紧张，生活中学点儿幽默，会缓解你紧张的心情。

生命的最佳状态

舒伯特的B小调第八交响曲通称《未完成交响曲》。我当初听到这名字就喜欢，就产生一种强烈的愿望：我一定要找到它，要听，要弄懂。

先查资料，知道这是舒伯特写于1822年的作品。他那时25岁。这部作品是为回报授予他名誉会员的奥地利格拉茨城的爱乐协会而作的，在他死后第37年即1865年，才在他一个兄弟的抽屉乱纸堆中被发现，却只有两个乐章。同年演出，轰动一时。音乐史家认为这部作品为世界交响音乐揭开了新的一页。盖因此前一部完整的交响乐总得有三至四个乐章，而这部作品只有两个乐章，却没有缺头少尾的感觉。整部作品浑然一体，被公认是一部完美无缺的经典之作。此后两个乐章甚至一个乐章的交响乐相继出现，比如美国作曲家哈里斯（Roy Harris，

1898—1979 年）的《第三交响曲》便只有一个乐章。

舒伯特是这样一位作曲家：16 岁开始作曲，31 岁便夭折，短短 15 年间，写出大小作品计 1000 种之多！其天才和短命很像莫扎特。终生拮据，热爱大自然，这一点又和贝多芬一样，尤以乐风很像贝多芬，有“小贝多芬”之称。区别在于，贝多芬始终以激昂慷慨的态度和命运抗争，舒伯特则是乐天的，只是静静地在他的作品中宣泄着他的郁闷和悲伤。

听着这首《未完成交响曲》，我的感觉是：作为一部交响乐，它完成了；作为一种思想，它永远未完成。而这一点，正是它的魅力所在。

一开始的第一乐章就带有舒伯特自己的强烈艺术印记——很强的旋律性。一组弦乐，或拉，或拨，一忽儿如喃喃低语，一忽儿像轻轻歌吟，像一个情感丰富而又善于用生动、形象的语言表述思想的朋友，娓娓地向你坦陈他的内心世界。他是忧郁而寂寞的。当双簧管轻柔地奏出一段如歌的曲调时，有如肖邦的夜曲和福莱的悲歌那样感人，听着由不得眼眶湿润。随之而来的第二乐章给人一种欢快、兴奋的情绪，有如宽广的咏唱，充满对未来那康庄大道的美好憧憬。乐曲努力地把人带入到一个幻想世界里，似乎很快要解脱了，但那沉思、那抑郁始终在深处时隐时现，那忧愁、沉思的基调怎么也摆脱不了。这是一个人坦诚的内心独白，它表达了语言所无法表达的精神生活的方方面面。有时是专注的凝视，有时是忧伤的沉思，或豁然的开朗，或平和的宁静，一曲终了，仍旧是愁肠百结，思绪绵绵，真有“余音绕梁，三日不绝”之感。

1928年，有好事者于舒伯特逝世100周年之际，欲征稿续完《未完成交响曲》，也确实收到了不少稿件，但最终评委不得不得出结论:《未完成交响曲》已经完成得很完美，所有的应征稿件都是多余的。

看罢相关资料，听罢乐曲，我想起了“狗尾续貂”这个中国成语。“貂不足，狗尾续。”但再续，狗尾仍旧是狗尾。勉强连在一起，更显其粗劣，其结果只会是非驴非马，非貂非狗，幸好后人最后还是死了这条心，否则今天听到的这部作品就不会给我们留下这么广阔的想象空间了。

这空间首先是美学上的。人们会想：舒伯特自己会怎么写第三乐章呢？据说在舒伯特的遗稿中的确有一段小步舞曲，有人推测它就是这部《未完成交响曲》的第三乐章。倘此推测成立，舒伯特最终又把它抛弃就更有他的道理了。他有意要留不尽之意于“乐”外，让你自己去想象、去补充。一如维纳斯雕像，你可以想出种种断臂存在的位置，一旦你实实在在接上去，哪怕那姿势再优美绝伦，也就成了“这一个”，哪能变化万千，任人思索呢？

更让人浮想联翩、思绪无穷的是这部作品的哲学内涵。它是幻想与实现的矛盾，欢乐与忧愁的交锋，结果如何呢——未完成。于是只剩下深深的痛苦的思考：从自己到整个世界——命运、人生、未来……听者可各有各的感受，各有各的领悟。

“未完成”，于工作，于爱情，于整个人生都是一种最佳状态。它激发你的想象，让你不断处于“完成”之中。沈从文先生一贯认为他的一生从未“突破”，只是“完成”，就是此理。

这种“未完成”态势是一种古老的哲学思想。中国人的吉祥数字不是十而是九，就体现了这种思想。因为十意味着圆满，但同时也是终结。而九，代表的就是“未完成”。《易经》中以阳爻为九。所谓“九九归一”即冬至之后的第八十一天。那时又是一元复始、万象更新的春天了。如此循环不已，也就是永远的“未完成”。

不仅如此，听《未完成交响曲》还会发现，古今中外一切真正的哲学家、作家、艺术家本质上都是悲观的，灵魂都是痛苦的。从屈原“长太息以掩涕兮，哀民生之多艰”，到秋瑾的“秋风秋雨愁煞人”，我们的先贤、先哲、先烈类似的诗文太多了！哪怕语言、习惯、宗教信仰、文化传统多么差异，智者在这一点上都是完全一致的。“我恨，我爱，你可能要问我，为什么这样做，我自己也不知道，但我感觉到，我很痛苦，很烦恼。”（加塔拉斯）。为什么痛苦？当然不是为一己的油盐柴米坛坛罐罐，而是为生命，为存在。难怪汤普逊要说：“我们生于他人的痛苦中，死于自己的痛苦里。”便是潇洒如李白，也要喟叹：“白发三千丈，缘愁似个长。”莫扎特的作品素以明亮辉煌著称，可你听听他的《A大调单簧管协奏曲》就会听到呜咽，感受到生命的天空里飘浮着的乌云。德国的思想家们因之把这普遍存在的现象叫做“世界的痛苦”。

《未完成交响曲》的核心就是这样一种“世界的痛苦”。舒伯特痛苦的思索是“未完成”的，没有结果的。因这个命题既是过去，也是现在，更是未来。

出路无非是两条，一是只感叹生的痛苦和虚无，“念天地之悠悠，独怆然而涕下”，“小舟从此逝，江海寄余生”，对人生持一种悲观、逃避的态度，这是消极和不足取的。

另一种则又过分现实。既然人生苦短，生命只有一次，冥思苦想生命的痛苦着实可笑，还不如充分享受它，追求一切能追求到的东西。“对酒当歌，人生几何”，愉愉快快地度过这一生。也许今日的“智者”大多是这样一种态度吧。

生命诚然是痛苦的，但我不会惧怕它而去皈依宗教，逃避人生；更不会因其短暂而激发贪欲，及时行乐。我只是想，生命中有远比荣辱得失、功名利禄更为重要的东西，那就是一种超脱和豁达的胸怀。

生命的价值在于创造，除此之外什么都看淡一点，就更能体会“未完成”的妙处了！

“即兴”与“幻想”

生活中，那些外形、性格有特征的人，总是容易令人记住。对作家、艺术家，人们更多的是通过他极具个性的作品把他和别人区别开来。作品的个人艺术印记越是鲜明、独特，就越是无法混淆、替代，因之便会永远流传后世。了解一个作家、艺术家，能研究其全部作品固然好，但只看或听那些具有强烈个人艺术印记的作品也不失为一种办法。对作品量多质好的，选择不是一件易事，常常见仁见智，所爱不一。比如对有“钢琴诗人”之称的波兰作曲家肖邦（1810—1849 年），《升 C 小调即兴幻想曲》（Op.66），我个人认为就是一首极具肖邦性格，极有肖邦风格的曲子。我对肖邦有所了解就是从这首曲子开始的，此前，更多的是通过文学渠道而不是通过音乐。我以为，音乐所要表达的，远比文学丰富得多。从听这首《升C小调即兴幻想曲》开始，肖邦就活在你面前。

幻想奇谲和即兴而为，可以说是真正诗人的共性，也是肖邦的个性。从有关的传记来看，肖邦是一个任性的、有点神经质的人，总是从当时的情绪出发，去创作、说话和做事。因此他的作品中既有“夜曲”这样细腻、幽丽的作品，也有像《革命练习曲》、《A大调军队波兰舞曲》这样豪迈泼辣之作；他可以拒绝接受俄皇授予他的“俄国皇帝陛下首席钢琴家”的殊荣，却又不可思议地为一个演出场所给法国的一个部长写出一封措词谦卑的信；1831年，华沙起义失败，他为之痛哭流涕，显示他作为爱国者的高尚情操，可在1837年，他又像一条温顺的小狗投入比他大六岁的乔治·桑的怀抱，经常为这个放荡的女人弹琴解闷，点火抽烟。最为荒唐的是，当关心他的创作的朋友向他表示，希望他写歌剧和交响乐时，他竟指着天花板说：“先生，你为什么不飞呢？”其不近情理完全像个孩子。

但肖邦之所以是肖邦，正是这些极为复杂的性格塑成的。他的“即兴”实在是任性。这种“兴”就是他的想象、他的幻想。肖邦是一个完全生活在自己主观世界中的艺术家。《升C小调即兴幻想曲》里既有幻想，又有即兴。“肖邦性格”在这首短小的曲子里表现得最为集中、准确。再没有哪首曲子能在这样短的时间里把肖邦热烈奔放而又柔情似水的复杂个性表现得如此鲜明和完美了。

肖邦一共创作过四首即兴曲，这一首被公认是最好的。它完成于1834年，但死后才发表，原因据说是作者认为这首曲子的主题与法国作曲家莫舍列斯的一首即兴曲主题有些相似，他不愿引起非议，故长期置诸箧中。历史已经证明，肖邦远胜莫舍列斯。莫舍列斯的那首即兴曲今天恐怕只有专业人士知道了，而肖邦的这首《升C小调即兴幻想曲》，爱上它的人却越来越多。从这个轶闻，不难看出肖邦对自己的创作要求是颇严格的，正如他临死前留给他姐姐的遗言：

“请把我所作的一切不良好的乐曲烧去，因为这是我对于公众的责任。仅把优良的作品出版，是我的义务。”

在如何看待自己的作品上，肖邦似乎又是很冷静、很理性的。

这就是肖邦，或者说，是我认识的肖邦。

肖邦在上个世纪就去世了。今天，人类进入一个物质极大丰富的时期，获得各种各样物质的欲望就更其强烈。权力、金钱以及各种利害得失，常常扭曲了一个人的天性，使我们失去了遗传基因赋予每个人那不同的自我。平时，我们自己的真实面孔常隐藏在一副副假面具之后。少数人，可以在一些特定环境里，比如在酒后、回归大自然或尽情狂欢时，偶露真容，更多时间里是难得再见那些真性真情了。而幻想呢？它是一种以社会和个人的理想和愿望为依据，对未实现的事物的一种想象。只是“个人的理想”好恶不一，一个宇航员和一个吸毒者的幻想肯定不一样，贪官、污吏、奸商和战士、学者、诗人的幻想更是大相径庭。

能不能生活中多一点真性真情，世界上少一些邪恶的愿望呢？听肖邦的《升C小调即兴幻想曲》我也常作这样的“即兴幻想”。

竹楼上的舒伯特

在人们印象中，西方音乐是阳春白雪，爱好西方音乐是要有条件的，一般总会想到上海或厦门的某幢私人小洋楼，室外有花园、室内有钢琴的人家，而“土老帽”只会唱民歌，唱流行小曲。非也。起码我这个西方音乐爱好者的“家庭出身”就是贫下中农，爱上西方古典音乐时是个边寨赤脚医生。我是从唱外国民歌开始的，其中就包括被誉为“歌曲之王”的舒伯特的歌，并且是在傣家竹楼上第一次唱舒伯特的歌。现在想来挺有趣。

那是“文革”前，我收到朋友送的一本《小夜曲集》，有巴掌大小，纸质粗劣。刚收到我便被抽调下乡了，看都来不及看就塞进包里。到傣寨住进傣家竹楼，晚上临睡前就着灯光打开一看，扉页上朋友提了苏联女作家潘诺娃的一句话：“世界上最热烈最痛苦的歌都是为爱情而写的。”我心中一动，顺手翻到了《舒伯特小夜曲》，轻声哼起来，只觉得那旋律是一种由衷的倾诉，真诚而温柔，哼着感觉很舒服。

几天后的一个月夜，空气里飘着淡淡的柚子花的清香，蛐蛐在四周欢快地振翅，在月影斑驳的一条白沙小路上，葫芦笙在呜呜地吹着。俄而，小路上出现了一个傣族少女的婀娜身影，一条披毯扬了起来，把她包了个严严实实，芒果林里随即传出阵阵哧哧的笑声……

月色，花香，虫鸣，幽会的青年男女……不知为什么，我突然想一展歌喉，小试一下我刚刚学会的《舒伯特小夜曲》，便走到外边的竹笆晒台上高声唱了起来：

我的歌声，穿过黑夜，
轻轻飘向你……

月亮还是一百多年前的那轮月亮，一百多年前那个洋人写的这首洋歌本应在有着雕像、喷泉、玫瑰花的欧式花园里，或有着古老的路灯、门徽和厚重窗帘的窗外伴一把小提琴或吉他去演唱，那气氛才协调。而此时的景色却是傣家竹楼、小乘佛教的佛塔、椰子树……甚至还有远处传来的阵阵象脚鼓声。现在想来那歌声配那夜色，怪怪的，甚至有点滑稽。

奇怪的是，一曲终了，我才发现竹篱外的小路上，两个傣家姑娘在静静地听得入神。我大感意外，便用粗通的傣话请她们也唱，其中一个说：

“赶哈伙里仿。”意即汉族的歌好听。

我无法告诉她们这不是汉族歌，是一个叫“舒伯特”的人创作的日耳曼民族的小夜曲。想了想我说：这是小伙子唱给姑娘的歌。在当时，这恐怕是对“小夜曲”最通俗的解释了。

果然，另一个姑娘说，如果来“串”她的小伙子中，有谁唱得那么好听，不管他说些什么，只凭这好听的歌，她都要跟上他到树林里去了。

这件事已过去了几十年，但我在竹楼上高歌舒伯特，并引来傣家姑娘听得入迷的事却使我大感惊讶，并常常思索。

其实那个时候我只是一般的音乐爱好者，对“舒伯特”这个名字也是第一次见到。随着后来爱乐日深，才知这位号称“歌曲之王”、“小贝多芬”的天才作曲家，一生穷愁潦倒，吃饭都很困难，在向哥哥要零花钱的信中，他的落款是：

你所爱的，有希望的，最可怜的弟弟弗朗兹。

由此想见他何等可怜。可他是那样热爱生命，热爱自然，时时乐思泉涌，却没有谱纸可供作曲。一日，朋友请他到维也纳郊外一家酒店，见桌上有本莎士比亚的诗集，他顺手翻开《听！听！云雀》，读后大叫：“我的旋律出来了，没有五线谱纸怎么办呢？”

朋友们翻过菜单，用铅笔画了五线谱，15分钟，舒伯特就写完这支千古传唱的作品。这是何等的才华啊！难怪有人说，舒伯特的作品不是“写”出来的，是“流”出来的。他自己也说：“我是每天都作曲的，一曲作完，一曲又开始。”就这样，在他短短的31岁的生命中，他为后人留下了近1000种作品，其中歌曲就达600首！在他的这些作品中，《未完成交响乐》、《魔王》等经典之作不胜枚举。

就是这样一位天才的作曲家，其生前的歌曲集《冬之旅》，只卖一个弗洛林一首。

就是这样一位天才的作曲家，据说一生都不曾恋爱过。可他心中涌出的旋律总是那么充满柔情，竟然能感动一百多年后远在中国西南的少数民族少女。

怎样解释呢？

首先是因为心中有爱，对人生、自然和生活的爱。这种巨大的爱心可以使自己完全忘记个人的痛苦和命运的不公，一心只想着奉献和创造。人类的爱心又是相通的，它会穿越地域和历史，把人类紧紧联系在一起。音乐，作为表达情感的一种方式，是其他任何文学艺术形式所无法比拟的，尤其是舒伯特的作品。正如格罗夫所说：“听他的音乐的时候，似乎觉得与音乐密切地接触，与听别人的音乐完全不同。”确实，舒伯特的旋律被公认是最优美的，充满了温柔、细腻的情感。情感不需要翻译，音乐因此成了全人类的语言。

一切文学艺术作品取得成功的一条经验就是：只有发自内心才能进入内心。舒伯特及其他伟大作曲家们的作品正是充满了这种对人类、对世界的爱。

瞬间即逝

我每次听舒伯特的《音乐的瞬间》总有一种深深的遗憾：刚刚被那动人的旋律所陶醉，琴声却越来越弱而终于停止。《音乐的瞬间》全曲 54 小节，不到 5 分钟，可称小巧精致，玲珑剔透，又有百分之百的纯正品味。在当今生活节奏越来越快，大多数人难得有时间坐下来欣赏那些大作品时，这些古典小品绝对是雅俗共赏、普遍受欢迎的。你只要从这首短小曲子中品出韵味，就会嫌它太短。这有点像那种滋味醇厚的老酒，喝了一口，正沉醉于它的味道时，才发现全部就这一口。没办法，只好再来。《音乐的瞬间》近二百年来重复千万次而不衰，正在于它滚珠落玉而又瞬间即逝。每一次听，我总要重复。那轻盈的旋律，那鲜明的节奏，到中间部分，又巧妙地把调性一改，没有对比，只不过是发展了第一段，却流光溢彩，非常漂亮。当你正处于一种最美妙的感受时，乐曲又出乎意料地一转，而渐弱，而消失，而让你于遗憾中慢慢品味。

舒伯特的作品有一个明显的特点：旋律性很强。这也许是他喜欢写歌曲的缘故。短短31年的时间，舒伯特共写了600首歌曲，这是任何一个作曲家无法相比的。很多歌曲成了歌唱家们熟悉的经典之作，如《魔王》、《听！听！云雀》、《舒伯特小夜曲》等等。

舒伯特同时是一个公认的天才，有“小贝多芬”之称。贝多芬是阳刚的，他是阴柔的，他更温婉，更柔弱，据说因此还有“女贝多芬”的别名。贝多芬作曲时很吃力，汗流满面，一改再改，而舒伯特常常一挥而就，一气呵成，餐馆、旅途……有乐思马上就写，连睡觉也戴着眼镜，因之传说他的曲子是在梦游状态下写成的。这未必是真的。但灵感一来，其速度之快实在惊人。《冬之旅》的六首曲子就是在一个早上写完的。故评家赞叹他的曲子不是“作出来”，而是“流出来”的，不无道理。也许他写得太多，有的作品写成于何时，连他自己也搞不清楚了。有个传说非常有趣。某天舒伯特到一个朋友家，随手拿过一页手抄的琴谱就弹起来，弹完惊讶地说：“多么优美的乐曲，这是谁写的？”朋友大笑：“这曲子就是你自己写的，是你上次在琴上弹奏时，由我把它记下来的，难道你已经忘了？”这故事说的就是这首《音乐的瞬间》。

这瞬间的乐思实在美妙。它不是深思熟虑的大谋略，不是呕心沥血的大制作，不是运筹帷幄的大宏图，它也许只是作曲家脑子里电光石火般一闪而过的几个音符，他即兴生发开去，丰富起来，于是“瞬间”得以永恒。听着它，我的人生之旅有如坐在火车上：大地旋转着身子，让我从前面看到后面。绿的树林，亮的溪流，黄的稻田，甚至还有鲜花和钻石般的露珠，然而这一切只在眼前闪了一下便过去了，消失了……留下的是一种很久、很久的好心情，那是一种惬意和闲适。又像是躺在草地上，嘴角叼一根小草，眯着眼看天上的云朵悠悠地飘的那种美妙、平和。

作曲家的乐思和诗人的灵感看来是一回事。灵感的来袭是不事先通知的。11 岁就近视的舒伯特躺到床上也不摘眼镜就是这个道理。他随时处于“临战”状态。

一旦灵感袭来，便马上抓住它。54个小节确实是个“音乐的瞬间”，可他马上就坐到朋友家的钢琴旁弹出来了，而这位深深了解舒伯特的朋友也马上把它记下来了，这才有今天这《音乐的瞬间》，它又给了后人多少美妙的“瞬间”啊！

瞬间的美妙还得瞬间抓住。对每个人来说，所有成功的机会实际都是一瞬间的事。在那一瞬间，你犹豫了，懒惰了，也就意味着失去了。舒伯特要是不马上把那时的“瞬间”捕捉住，也就不可能留给后人这“瞬间”的享受。这于文学艺术创作具有普遍意义。当一句话、一个情节、一种色调、几个音符偶然出现在脑子里，不立即诉诸行动，它可能就永远地逃逸了，再抓住时，已不是“这一个”。

“瞬间”的把握于商家、于兵家、于政治家尤为重要。面对成功的机会，却优柔寡断，不仅胜利无望，还可能导致另一种结果——失败。

由此想到贝多芬的《命运》。没准最初出现在贝多芬脑里就是那有名的“叩门”声，经过这位伟大的作曲家不断地丰富、发展、演绎，最终成为不朽的经典。“叩门”，在生活中也是瞬间的事。开，可能是一次成功的初始，不开，可能就失去一次机会。命运，有时就取决于这瞬间的决定。

美国诗人惠特曼在《草叶集》里问道：

> 陌生人啊，假使你偶然走过我的身边并愿意和我说话，你为什么不和我说话呢，我又为什么不和你说话呢？

我一直赞赏惠特曼的这个提问。如果彼此都想说话，就应该勇敢地去说话。说了，你可能得到友谊得到爱情，不说，你可能就在那犹豫不定时与很多美好的事物失之交臂。

“花开堪摘直须摘，莫待无花空折枝。”这是唐代女诗人杜秋娘《金缕衣》一诗中的名句。消极理解是劝人及时行乐，但又何尝不可以理解为提醒你对美的迅速把握和对命运的果断择定呢？

最近一次听《音乐的瞬间》，有很多瞬间的音乐感受和瞬间的人生感悟，也学会把握“瞬间”，赶紧把这一切记了下来。

我的三个故乡

故乡，只有一个。是出生地？是现在家的所在地？是籍贯？或者三者含义都有？这个简单的问题，我说不清楚。照我自己的理解，我有三个故乡。

一个是我出生的地方，我的籍贯。一个是我长期工作和生活过的地方，我也视它为第二故乡。还有一个就是我现在家中的书房。

每次听捷克作曲家德沃夏克《E小调第九交响曲》(《新大陆交响曲》或《新世界》)，如果是在其中一个故乡，我想到的是另外两个，如果是在国外，我会同时想到三个故乡，乃至整个祖国！当第二乐章慢板中那感动过千百万人的旋律奏出的时候，我的双眼忍不住朦胧起来：说不出的一种思念之情。

先是想到母亲居住的地方，滇西北一个狭长的小山谷——“漕涧”。蓝天明澈得有如倒扣的高原湖泊，从家门口望出去，可以看见三条银色的瀑布从雪山垂下，穿过一片雪松林子，到坝子里成了几条欢快的小溪，两岸有红的野草莓和黄的打破碗花花。小溪里的青苔如柔丝般飘舞，激起的水花惊起石上停着的蓝翅膀蜻蜓。我和小伙伴们在礁石下摸鱼，爬上岸边的柳树做一支柳笛嘟嘟地吹，口渴了，就小牛似的俯下头在溪边喝起来。当我离开故乡时，这一切也就离我而去。

离我而去的还有我的第二故乡——西双版纳那片林莽蓊郁的土地。旱季的夜晚，每个村寨都散发着一阵阵柚子花、晚香玉、香茅草的芬芳。象脚鼓、铓锣伴着小河的哗响隐隐传来。远处的月光大雨般下着，近处，有蛐蛐在它的洞口边“唧唧”地振翅。夜深沉，月朦胧，有雾自林中升起，迅速凝成水滴敲响芭蕉、菩提，“得！”“得！”……偶然还会听到小麂子孤单的叫声：“罕！”“得！”……飘渺、安谧得有如梦境。

令我思念的还有我家中的那个书房。这里看不见银色的雪山、瀑布、清溪和蓝翅膀的蜻蜓，也看不见迷蒙的夜雾，听不见小麂子的叫声，有的只是林立的高楼和汽车终日的轰鸣。但我离开这个家时，仍然怀念那一方完全属于我的斗室，满架子的书，为数不多的激光唱盘和盒式磁带。思念它们，常因久久出门没能带上某本书而责怪自己。那时我会想：回去后，应该把《唐宋名家词选》或《查拉图斯特拉如是说》再读一遍，再听听肖邦的几首夜曲和莫扎特的《C 大调长笛竖琴协奏曲》。书是否长了蠹虫？磁带会不会粘起来？我的书桌肯定积满了灰尘……

我总以为思念故乡时，这三个地方足以包含一切了。可 1998 年我出访异国时，当我在飞机上戴着耳机听到的又是《新大陆交响曲》时，从来没有过的去国的感觉紧紧地揪住我的心，其强烈是我历次离家时最为难受的！这时“故乡”已不仅仅是儿时的皑皑雪山和澹澹清溪了，也不只是年轻时相伴的婆娑菩提和朦胧晓雾，更非一张书桌和满架子书。它是黄河，是长江，是横断山脉，是万里长城，还有我的母亲、妻子、女儿和朋友们，甚至在下榻宾馆里见到一个北京来的厨师也像见到了久别的亲人一样激动不已。他那带卷舌音的京片子腔调，听起来像我讲的方言般亲切。

怪不得《新大陆交响曲》首演时，这一慢板中的哀婉如歌似的旋律使很多听众掩面而泣。有评论家说“这是一切交响乐慢板乐章中最动人的一个”。我想，这也许是那时美洲大陆处于开发时期，涌入大量移民，他们离乡背井，在当时交通不发达的情况下，一旦踏上远洋轮船的甲板，也就意味着可能要永远离开故土、离开亲人了，当一曲思乡的悲歌在异乡响起，岂能不情思潮涌而热泪盈眶呢？

这种思念对某些人可能是抽象的，莫名的，只是想哭。于我，则是对高原峡谷湛蓝的天空、闪亮的雪山、叮咚的泉水、热带雨林、月下鸣虫及迷蒙晓雾的怀念，是对我的斗室里的书本、音乐的怀念。可是，当环境污染日益严重，我重返那高原峡谷、热带雨林时，雪峰下的瀑布没有了，日显干涸的小溪上漂着造纸厂的白沫，溪边当初开满野花、结满草莓的地方丢弃着塑料垃圾和一条死狗。在西双版纳除了国家极力抢救的自然保护区外，村寨、江河边的树林被砍光，再升腾不出那梦幻般的白雾，更听不到小麂子的叫声了。诚然，卫星通讯、网络……所有这一切缩短了国家与国家、地区与地区、人与人之间的距离，现在哪怕身在异国他乡，岂止“千里江陵一日还”，东西半球，朝发夕至。这一切使很多人四海为家，故乡的观念于他们似乎越来越淡漠了。到处都工业化、城市化，每个人的故乡恐怕都模式化了：一律的水泥匣子、一律的汽车、一律的连锁店和快餐。当大自然一方面被污染，一方面被异化为豪华宾馆的装饰时，我怀疑今天再听德沃夏克的《新大陆交响曲》是否还有那么多人流泪？

“归去来兮，田园将芜，胡不归？”还是会归去的。每到春运期间，车站码头万人攒动，就足以说明传统的乡情、亲情远未淡泊。田园荒芜诚然可怕，但只要心不荒芜，我们的国家和民族就大有希望！

我听《希伯来祷歌》

任何一个作家、艺术家的作品不都在同一个水平线上。一个一流的作曲家也可以有平庸的乃至失败的作品，柴科夫斯基的《第三钢琴协奏曲》就是。他自己不满意，至今亦鲜为人知，罕见有乐团演奏。

反之，不怎么有名气的作家、艺术家，某些作品也可以流传千古。在音乐方面，德国作曲家布鲁赫（1831—1920年）就是一个。这位作曲家也写过交响乐、协奏曲、歌剧，其总的成就，在音乐殿堂里要远排在贝多芬、莫扎特、柴科夫斯基之后。但一首《第一小提琴协奏曲》堪与贝多芬《D大调小提琴协奏曲》媲美，还有一首大提琴曲《希伯来祷歌》，虽不是大作品，却同样是不朽的经典之作。

《希伯来祷歌》一译《神之日》，也有叫它《科尔尼特拉》的，是犹太人的祷词“我辈皆起誓”的音译。犹太人每年有赎罪节，开始之日，虔诚的教徒群跪在教堂里，第一句祷词便是“科尔尼特拉”。布鲁赫在传统的祈祷音乐基础上，写出了这首大提琴曲。

“科尔尼特拉”——“我辈皆起誓。”

下面是什么呢？且听布鲁赫怎样以音乐的语言向我们展现犹太人的内心世界。乐曲最初的节奏非常缓慢，低音区里有沉痛的旋律在倾诉。这是发自内心的忏悔，又像是对灵魂的无情拷问，邪恶、不善、欺骗……一句句，一声声，说出来，在神的面前全说出来！其坦诚、其痛苦撼人心魄。当开始时这个旋律更换音区重复时，听到的似乎又是一个女人更为情绪化的激动和悔恨。一刹那间，会觉得每个人那不可告人的隐私在此时都痛苦地、毫无保留然而又是自觉自愿地倾吐了。灵魂在涤荡着，净化着。当第二个主题出现后，明朗逐渐代替了沉郁，灵魂轻松了，充满了一种由虔诚信仰激发的内在力量。此后，由管风琴奏出的乐句让人觉得像是走进教堂里，一缕缕通过高处彩色玻璃射下的阳光，使气氛显得神圣而庄严。上帝、良知就在面前，一切都那么圣洁、美丽。祷歌结束时，颂赞着神的恩泽和威力，充满了对明天的希望和憧憬。

我的这张CD碟片是由俄裔美籍大提琴家米沙·麦斯基演奏的。他以俄国艺术家独有的气质，把布鲁赫的这部作品诠释得完美而深刻，可以听出一点儿俄罗斯的忧郁，但更多的是深沉和严谨，有一种内在的精神张力。由布鲁赫这位德国犹太作曲家写《希伯来祷歌》，出现这样引人入胜而又发人深省的效果是一种必然。

由此想到犹太民族，它的诺贝尔奖的获奖人数、文学艺术及科学领域的代表人物以及各种专业人才，数量之多远远超出他们的人口比例。联合国教科文组织的一个统计数字足以说明问题：在犹太人聚居的以色列，14岁以上的人平均每月读一本书，全国每4500人就有一个图书馆。据说，犹太人的孩子稍稍懂事，家长就会在《圣经》上抹点蜂蜜让孩子舔，意在从小让他知道：书是甜的。在犹太人心目中，学者比国王伟大。家里出个博士生是全家的荣耀。一句话：这是一个视灵魂胜过肉体的民族，重精神比物质还宝贵的国家。历史上犹太人到处被驱赶，流离失所，但不管是哪个国家的犹太人，都非常顽强地固守着自己的精神家园。

一个民族牢固的精神家园是靠这个民族每一个成员的同一信仰建构的。把这种信仰只简单地理解为“宗教”、“上帝”，未免太片面。应该说是“正”和“邪”、“善”和“恶”、“是”和“非”的价值取向。很难设想一个只问目的、不择手段的人，一个只认钱、只信权的民族会有什么精神家园。宗教（不是邪教）总是以救世为目的。但正如吴宓先生指出的:“盖宗教之功足以救世，然其本意则人之自救。”（吴宓:《我之人生观》）如果连自己的灵魂发生危机都不知道，谈何自救，更谈何救世?

又怎样发现自己灵魂的危机呢？按德国哲学家康德的说法:“有两样东西，我们对它的思考越是深沉和持久，它们所唤起的那种越来越大的敬畏就会充溢我们的心灵，这就是头上众星的天空和心中的道德法则。”

一个不敬畏心中的道德法则的人是什么事都可以干得出来的。

其实，早在康德之前，早在犹太人之前，古老的中华民族就敬畏心中的道德法则，懂得如何建构自己的精神家园了。在《论语》第一章里，伟大的思想家、教育家孔子就主张："吾日三省吾身：为人谋而不忠乎？与朋友交而不信乎？传不习乎？"可悲的是，这早已失传。

听着《希伯来祷歌》那震撼人心的旋律，我常想我们无须孔子的每日"三省"，只要每年也有个犹太人的"神之日"，就在那一天，以良知为神来审讯一下自己的灵魂，沉重地说一声："科尔尼特拉！"——"我辈皆起誓！"我们的世界就会美好得多。

这就是忏悔。

忏悔不是怯懦，而是良知的闪耀和人格的升华。廉颇因"负荆请罪"而见英雄，巴金因"文革"忏悔更显崇高，德国前总理施密特在犹太人墓前下跪未见丢人，反倒显示了真正的日耳曼民族的优秀品格。

一个不愿忏悔的人几近不知羞耻。

我们应该学会忏悔。

夜深沉

波兰作曲家肖邦（1810—1849年）素有“钢琴诗人”之称。盖因其作品和演奏风格不管像《革命练习曲》那样豪壮，抑或像“夜曲”那样幽深，其含情量都是饱和的、充溢的。这一点，奠定了他在音乐史上无法取代的地位。

肖邦的作品感情色彩非常浓郁，尤以他的一组夜曲，是爱乐者最喜欢的。听着这组夜曲，你仿佛“看”见一百多年前的这位伟大的爱国者和作曲家、钢琴家就站在你的面前：纤弱、灵秀而多愁善感。听他的夜曲，不仅对他的外貌似有所见，他那乐观、坦诚、文雅而又富于幻想的个性也能感觉到了。

“夜曲”，非“小夜曲”。他的创始人是爱尔兰作曲家、钢琴家约翰·菲尔德（1782—1837年）。他为它定名为

nocturn。此词源自拉丁文 nox（夜神），信基督教的又把它解释为“夜祷”，菲尔德显然取此义。“祷”，自然要发自内心，夜曲因之极富感情色彩。它是夜深人静后的内心独白，是万籁俱寂时的浮想联翩，其幽深、坦诚和温柔，对疲惫、躁动的灵魂是一种抚慰和净化，这一点，其他音乐体裁无法比拟。菲尔德之后，写过夜曲的不止肖邦一人，还有鲍罗廷、德彪西等等，但都不如肖邦写得多，写得好。

肖邦对夜曲这一形式何以如此偏爱呢？这无疑和他本人的性格有关，要了解肖邦的性格，最直观的莫过于去看立在巴黎蒙梭公园里杰克·弗拉曼·汤姆斯所雕塑的肖邦纪念像了。如神龛、如纪念碑似的背景上，有展翅飞翔的爱神的浮雕，正在弹琴的肖邦右手触键，左手温柔地举起，像是刚弹完一个流光溢彩的乐句，微微右倾的头和身子表明他已经完全进入他自己营造的那个世界里了。更为陶醉的是半躺在钢琴下面的那个女人（据说就是乔治·桑），她因感动而流泪，丰腴的右臂正举到眼角，像是正在拭去泪水。

看过这个雕塑（或雕塑照片）而又听过肖邦夜曲的

人，恐怕会有一个想法：肖邦此时为乔治·桑演奏的正是他的“夜曲”。这支夜曲（也许是《降E大调夜曲》或《升F大调夜曲》）的旋律，会在你心头响起，于是一个栩栩如生的肖邦的形象就会凸现在面前。用他的好友钢琴之王李斯特的话说，肖邦就“像从来没有沾染过大路上的尘土的植物那样柔润”。“柔润”一词，准确地表达了肖邦的温柔和纯洁。我想，也许正是这种个性才使肖邦喜欢用“夜曲”这一形式表达自己的感情而使这些乐曲也那么“柔润”。

一个“柔润”而又多情的男人常常会赢得女人的芳心。很多贵妇人都为肖邦倾倒。俄国文豪屠格涅夫说：“欧洲有五十余个伯爵夫人愿意把临死前的肖邦抱在怀中。”1840年，肖邦在巴黎开的最后一次音乐会上，听众大半都是美艳的妇人。德国作曲家瓦格纳（1813—1883年）因此批评他是“妇人的肖邦”，是指他是女人的宠儿抑或作品太女性化？事实上，女人的情感的确纤细，对“情”的感受远胜男人。与其说女人喜欢肖邦修长的身材、蔚蓝的眼睛、苍白的前额，和他文雅、灵秀的气质，毋宁说更喜欢他的作品——尤其是夜曲中如林中小溪般叮咚流淌着的那种清纯和至诚至爱。不独女人，所有听过夜曲的人，无不为其幽丽、“柔润”而深深感动。其“柔”，足以温软僵硬的情感，其“润”，可以滋润干涸的心田。如果知道肖邦和一些女人的恋情，又明白他作为爱国者对祖国那种巨大的爱——华沙起义，他欢呼；革命失败，他痛哭；一抔祖国的泥土随身带着，嘱咐死后要撒在他的棺材上，如此等等，那么就会觉得肖邦夜曲中所表达的是一种升华了的、更为广阔的情感。它因之如春风化雨般能滋润一切焦灼的灵魂。

肖邦一共写过 21 首（一说 19 首）夜曲。其中我最喜欢的有 4 首。

《降 B 小调夜曲》（Op.9-1），乐曲一开始就是一个青年在夜晚思索的形象。他抚着下巴，面对橙色的烛光，夜风阵阵吹拂，树叶沙沙作响，缓慢而温柔的旋律在轻轻流动，变奏中有华丽精巧的装饰音出现，使曲子抹上了淡淡的幻想色彩。这首写于 1830 年的作品，是青年肖邦初到巴黎，涉世不深、纯真、无邪而又充满幻想的真实写照。中间一段甚为明亮，乐天而又无忧。结尾如月下波光潋滟的湖面，在夜风中，逐渐向远方散去……

《降 E 大调夜曲》(Op.9-2)，这是《降 B 小调夜曲》的姊妹篇。在肖邦所有夜曲中，这一首不算是最好的，却是最易理解和广为接受的。这是因为它有如咏叹调般的歌唱性以及那盎然的诗意。专家认为，这首夜曲是菲尔德夜曲的发展和肖邦浪漫主义艺术风格的体现。乐曲那富有情感的如歌的旋律一气呵成。有时似在诚挚地诉说什么，有时又似一种欲说还休的思绪，它少了些《降 B 小调夜曲》中对美丽夜色的描述，多了些这位钢琴诗人内心世界的坦露。他沉湎在自己的感情深处，以音乐的语言倾诉着，甜蜜而略带忧伤。全曲最终在恬静的气氛中结束。此曲的乐谱上有一句献词：献给玛丽 · 普列埃勒夫人。这也许就是乐曲如此感人的缘故。

《升 F 大调夜曲》(Op.15-2)，据认为这是肖邦所有夜曲中最著名的一首，作于 1830—1831 年。夜晚的瞑思开始时总是如夜色般宁静而温柔。随着思绪的变化，我们听到了心灵的躁动和不安，时而如泣如诉，时而又有所希冀。听那主旋律在很窄的音域内扩张，似那柔柔的橙色烛光要把它的光辉努力地向暗处弥散开去，但始终达不到目的，一抹淡淡的忧伤不知何时渗透其中，临末，那宁静的夜色又再现了，月光皎洁，水波粼粼，如珍珠般圆润的琴声就像一缕不断的情思，让人久久回味。

《C小调夜曲》(Op.48-1)，这是肖邦夜曲中独具一格的作品。它柔中有刚，所表现的是肖邦作为爱国者的另一面，是一种“长太息以掩涕兮，哀民生之多艰”的悲剧性沉思。它具有夜曲中极为罕见的英雄品格，似乎是一个于变幻风云中出没的战士的严峻思索。他一方面对灾难深重的祖国和人民无限同情，同时又展现出坚强的意志。低音区那如雷鸣似的不谐和音，是暴风雨的模拟，又似社会生活中的邪恶势力，但在壁立千仞的英雄气概面前它终于退却。乐曲结尾仍回到一种对国家民族命运的痛苦思索，仿佛在问：祖国啊，你路在何方？

如前所述，“夜曲”不是“小夜曲”。它是静夜的心灵独白。当然，其中有爱，有倾诉，但更多的是沉思。而思考，正是我们今天所急需的。生活在每天都是声色犬马，周围充满巨大物质诱惑的世纪末，我们急功近利的小脑反应太多，而唤起良知的大脑思考是太少了！

由是，想起犹太人的一句格言：“人们一思考，上帝就微笑。”何故？答曰：思考是良知的母亲。

在新世纪的静夜中经常听听肖邦的夜曲吧，它会使你更远离动物而更接近人。

近距回眸

听西班牙作曲家法雅（1876—1946年）的《火祭舞》曲，我常想到那首《阿佤人民唱新歌》。《火祭舞》曲听过的人不多，《阿佤人民唱新歌》很多人都会唱的：

> 村村寨寨哎，
> 打起鼓，敲起锣，
> 阿佤唱新歌……

“阿佤”即佤族自称。这是一种居住在云南南部与缅甸接壤的阿佤山上的少数民族，1949年以前尚处于原始氏族公社状态。阿佤人生性骁勇强悍，住地山高林密，历史上有砍人头祭谷的习俗，旧社会滇边马帮旅人，莫不谈之色变，罕有冒死进入阿佤山者。新中国成立后，这种陋习很快就取消了（据说缅甸境内个别闭塞的佤族寨子仍保留）。一批又一批各种各样的“工作队”不断进入佤族村寨，宣传民族政策，培养佤族干部，发展生产，改善生活。改革开放，阿佤山更是发生了翻天覆地的变化，有了自己的大学生、企业家、作家……常说历史越是拉开距离就越看得清楚，对阿佤人历史的巨变，近距离就可以看得明明白白。凡在阿佤山工作过，进过佤族寨子，甚至没去过佤山只知道它的历史，而又目睹今天变化的人，都可以是这个民族历史的见证人。比起那些长期工作在佤族地区的人，比起研究佤族的专家，我不算是很了解这个民族的。我只在佤族寨子里待了十天又匆匆调离到别的寨子。但就这短短的十天，足以使我对这个纯朴而又粗犷的民族留下极为深刻的印象。现在，与佤族相关的新闻报道、照片绘画、文学作品等等都会勾起我数十年前那难忘的经历。尤其是音乐……每听法雅的那首《火祭舞》，更是激起我强烈的情感。它的古怪、狂热，很快就让我想起阿佤人的“火”与“祭”。

“文革”前，伟人教导我们说，资本主义要“复辟”

了。于是全国抽调各级干部组成工作队，深入农村搞“阶级教育”。我就被抽调参加了省、地、州、县干部联合组成的工作队来到位于中缅边境线上的一个佤族寨子。原始氏族公社也有资本主义复辟？有的。否则就是“阶级斗争熄灭论”。那段历史之荒谬可笑，今天的读者无法理解，也不必费笔墨去解释它。

且说某日，我们一行三人进驻了这个佤族寨子。它有一个很拗口的名字，现已记不清。只记得我们进寨之后的首要任务就是制止“死灰复燃”的剽牛祭鬼，说这是“暗藏的阶级敌人”为破坏生产刮起的一股“资本主义妖风”。

所谓“剽牛祭鬼”是佤族祈福驱邪的祭祀活动。把牛赶进寨子中心的场子里，在“魔巴”——巫师作法后，以标枪刺之倒地，然后宰割食之。佤族刀耕火种，以牛犁地尚且不会，“复辟妖风”与“剽牛”之间是“风”马“牛”不相及。倒是剽牛如果放纵不管，砍人头祭谷的可怕陋习“复辟”却有可能。境外还有些极为封闭的佤族寨子就一直在砍。刚到那一晚，我就听到了那恐怖的木鼓声。

木鼓，佤族的打击乐。以一段大树干掏空即成。“鼓”而无皮就很特别，更特别的是木鼓敲打出来的那种声色。不知是因为作为木鼓的巨大木料木质特殊（特殊的木质可以决定小提琴的音色），还是因为木鼓一响就意味着剽牛祭鬼砍人头，总之，那声音给人的感觉是阴森恐怖的，神秘的。

我永远不会忘记我那晚在佤族村寨初闻木鼓声时那毛发倒竖的恐怖感觉，恰恰又是在白天到老林里看了人头桩之后。

所谓人头桩，是阿佤人在砍下人头完成祭祀之后，把人头搁在一根木桩上，任其腐烂最后剩下颅骨。人头桩多少不等，插在寨子附近的树林里。那天工作组搞调研，由生产队长艾布龙带我们去看人头桩。

一片老林，枝叶交错，密不透风，暗绿阴森，几根人头桩就插在那里。上面摆放的人头只剩下森森白骨，眼眶黑洞洞的，龇着牙，像是在笑。一个瘦骨嶙峋如紫檀木雕成的老头正对着一个人头咕嘟着什么。

“这是寨子里的老魔巴。”生产队长艾布龙解释说，“只有他来这里转转。这些都是阿公祖留下来的。大军进寨子那一年[1]，阿佤就再不兴砍人头了。”

我打了个冷噤。这林子实在是阴冷。

出来，又去看了专门存放木鼓的木鼓房。一段差不多有两人合围的掏空的大树干放在个木架子上，作古铜色，坚硬如铁，质朴而粗野，透出一种原始、本真的美。一对以同一木料做成的击鼓的杵放在旁边。艾布龙说，要剽牛祭鬼，砍头祭谷，或是打仗、过节才打木鼓。

晚上，我们的工作队长，一个 1950 年就搞民族工作的老边疆告诉我，佤族砍人头祭谷是祈求旱稻丰收的祭祀活动，猎取的都是误入佤山的异族人，小伙子猎头归来会受到英雄般的欢迎。那一天人们“咚！”“咚！”地敲响木鼓房里的木鼓，全寨男女会围着一个火堆夜以继日高歌狂舞。

这位老民族工作队员说：“那鼓声很怪，隔几山几箐都听得到。”

说也巧，讲到这儿，远处真的传来了一阵“咚！”“咚！”的响声。

队长叫起来：“就这。快听！”他摇摇头一脸无奈：

[1] 即 1950 年。

“境外的佤族寨子又砍人头了。”

“咚！”“咚！”“咚！”那种声音只要听一次就会永远忘不掉。它响亮而沉郁，威严而凶猛。单调、固执地在静夜里一声声响着。想到白天阴森老林中的一根根人头桩，那黑骷髅似的老魔巴，我的毫毛一根根竖起来。是夜，通宵无眠。

那几天我们真担心境外不时传来的木鼓声会激起境内同一民族沉睡已久的猎头欲望。我们必须争取年轻人。工作队经过研究主动提出：我们也要敲木鼓。但不是剽牛祭鬼，而是跳舞唱歌。这一号召果然得到全寨年轻人的热烈响应。

“猛！猛！猛！”[1]他们欢乐地吼叫起来。

第二天晚上，沉寂多年的木鼓敲响了，全寨子的年轻人、附近的边防战士、工作队围着一堆熊熊燃烧的篝火高歌狂舞，一支新奇的歌使佤族的青年男女兴味盎然：

“村村寨寨哎，

打起鼓，敲起锣，

[1] 佤语：好！好！好！

阿佤唱新歌……”

几十年过去，我记不清看过多少次佤族舞，奇怪的是，不管歌舞编排得怎么好，声光布景如何漂亮，比起原汁原味的阿佤人的歌舞真是天壤之别。演员们那白嫩的肌肤，那兰花指怎么能表现出那震慑心魄的“野”气，那原始的伟力？倒是那个叫法雅的西班牙作曲家的《火祭舞》，每当提琴和单簧管奏出那神秘和怪诞的颤音，我眼前就会出现黑暗中飘忽抖动的火焰，阿佤汉子的红头巾，戴着银发箍的少女疯狂甩动的黑发，随后，低音区那宣叙式的颤音又叫我想起形如黑色骷髅的“魔巴”和他面对人头桩时的咕哝声……

阴森的老林，白色的头骨，魔巴的咕哝，跳动的火焰，狂舞的人群，红头巾、黑头发、银箍子，还有野性的吼叫，还有木鼓……所有这一切在《火祭舞》曲里都能感觉到。我似乎又回到远古，回到原始，遍布全身的是一阵神秘的战栗，一股恐怖的快感，那一种人类最原始的冲动，最本真的追寻，强烈地感染着我……

前不久，我和一个学电脑的阿佤人的大学生谈起他的祖辈，谈木鼓，谈人头桩……这个20岁的年轻人没有丝毫直观的感受。也难怪，毕竟是第四代人了。但于历史，从2000年看上个世纪末叶，只是一个近距离的回眸。

于是，我建议他听听法雅的《火祭舞》，递给他一张CD碟片。

“我可以在上网前听听，找找感觉。”他说。

人生与现实的音乐诠释

孔子说，人生“三十而立，四十而不惑，五十而知天命，六十而耳顺”。我三十岁前在上海出了第一本小册子，姑且算是“立”吧。到了60岁，脾气好了，算是“耳顺”吧。50岁那年自以为“知天命”了，懂得人生了，惭愧！这才是近几年的事。读了几本书，听了些音乐，我才逐渐对生与死，名与利，成与败，宠与辱……有一点自己的感悟。

我这里只说音乐。除贝多芬、莫扎特、柴科夫斯基等等的作品之外，奥地利杰出的作曲家、指挥家马勒（1860—1911年）的《大地之歌》也是帮助我理解人生的一部难忘之作。

1907年，马勒心爱的小女儿病故了。祸不单行，就在此时，他发现自己患了心脏病，并被迫辞去了维也纳歌剧院指挥职务。他心情非常不好。这时他读到汉斯·贝特格翻译（实际转译自英法文）的唐诗选《中国竹笛》。李白、孟浩然、钱起（张继？张籍？待考）等人的诗，激起了他强烈的共鸣。一种悲生愁世又热爱生活，叹纵情酒色又想回归自然的矛盾心理使他借这几位诗人的诗谱写了深刻感人而又发人深省的《大地之歌》。他把它称为《为男高音和女低音（或男中音）独唱和管弦乐队而写的交响曲》。

初听《大地之歌》，洋味十足。你无法把它和中国（更别说唐朝）联系在一起，只觉得是一个白皮肤蓝眼睛的老外眼里的中国。它以文化传统完全不同的西方人的理念解读唐诗。有如普契尼只知道一首江浙民歌《茉莉花》，便大胆地创作出歌剧《图兰朵》一样。连这位中国公主的名字"图兰朵"都取得怪怪的。但你得承认不论是《大地之歌》还是《图兰朵》，都已成为经典。这是因为"音乐"这种抽象艺术，它表现的不是看得见的具体形象，而是看不见、摸不着的"情感"。不管哪个民族、种族都有喜怒哀乐，音乐因此成了世界语言。音乐，凡能激起听众的同一情感，就算成功了。

《大地之歌》就激起了我的情感。听罢这部有六个乐章的交响乐，我心潮澎湃，久久难以平静。它痛苦又欢乐，逃避又希冀，认从又抗拒，无奈又追寻……整个是极为矛盾的心理，极为复杂的情绪。最终希望和大地——大自然融为一体。音乐评论家发现，马勒在这一部作品中竟然在沉溺于自然美景的享受时，又表现了他的孤独和对人生苦短的尖刻讽喻。如此相反的情绪同时并存的事实，一直为人们所惊异和赞许。

说到底，马勒无非是借唐人诗句浇心中块垒。乍一看，每个乐章之间以及乐章的内部，情感上都是大起大落，互相矛盾，互不连贯。整部作品给人的印象是如泉喷涌的乐思的即兴发挥，没个章法。

一开始，法国号和小号那刺耳的号叫似乎执拗地反抗着李白原诗《悲歌行》反复哀叹的“悲来乎！悲来乎！”的悲愁主题。紧接着乐队像暴发出一阵狂笑，似乎是对命运的轻蔑。之后，男高音开始演唱了……这个乐章，马勒取名为《咏人世悲愁的饮酒歌》。

第二乐章同样也是悲愁的，叫《秋日的孤独者》。作者是钱起、张继或张籍，原诗无法考证。带弱音器的小提琴冷漠地描绘出的景色像是秋天薄雾笼罩的一个湖面。“孤独者”独立寒秋，形影相吊，尾声很幽暗，朦胧的雾如眼眶中朦胧的泪水。

第三乐章《咏少年》表现了青春和欢乐。似乎是在描绘一群少年春日在小桥流水、亭台楼阁中冶游、歌唱（李白无此原诗）。马勒想以具有中国音乐特点的五音阶来暗示古老的中国情调，却始终是维也纳式的，只能看作马勒本人对人生丰富色彩勉强加上的一点亮色。

第四乐章《咏美女》原诗是李白的七言律诗《采莲曲》：“若耶溪傍采莲女……”真亏从未到过中国的马勒为李白笔下的江南水乡描绘出了极为优雅而平静的一章。那长笛和小提琴奏出了纤美而宁静的乐句。“岸上谁家冶游郎……见此踟蹰空断肠。”马勒也以音乐的语言加以诠释，表达了一种对美的渴望和对未来的憧憬。

第五乐章《春日的醉翁》源自李白五言古诗《春日醉起言志》：

处世若大梦，胡为劳其生。

所以终日醉，颓然卧前楹。

……

马勒在这一乐章里成功地表现了对人生的无可奈何的情绪以及对永恒的自然——大地的向往。男高音似乎是乐天的，短笛的吹奏犹如小鸟的报春。然而这个乐章和第四、五乐章同样只是短短的间奏曲。是不是也想说明青春、欢乐、少女等等都转瞬即逝，人生无常，最终你还得要向生活告别？于是，第六乐章回到了它的基本主题。

第六乐章《告别》：马勒这一乐章的乐思来自孟浩然《宿业师山房待丁大不至》及王维的《送别》。这是《大地之歌》的基本主题，所以有必要引出原诗，供读者参考，供爱乐者对照欣赏。

孟浩然《宿业师山房待丁大不至》：

夕阳度西岭，群壑忽已暝。
松月生夜凉，风泉满清听。
樵人归欲尽，烟鸟栖初定。
之子期宿来，孤琴候萝径。

王维《送别》：

下马饮君酒，问君何所之？
君言不得意，归卧南山陲。
但去莫复问，白云无尽时。

由大提琴、低音提琴、竖琴、低音大管、法国号和锣奏出的这一乐章的引子给人的感觉冷冰无情，茫然有如空洞，像万念俱灰之后的麻木。认命了。屈从了。告别了。马勒在给他的朋友布鲁诺·瓦尔特的信上，很担心人们听后是否会趋向自我毁灭。他反复强调，他的整部作品所要表达的是对生活的热切希望而不是死。即便是最后一个乐章，音乐也同样充满着对生活的热爱之忱的。

是的。《大地之歌》既热爱，又消沉，既唱出永别，又描绘永生。在孟浩然、王维的两首诗之间的一长段间奏，那沉郁的英国管、那恐怖的锣声都宛如面临一个死亡的深渊，而当乐曲最后在女低音唱出的“永远……永远……”两句后，最终慢慢消逝，其飘渺的效果，确实奇迹般最后给人一种永生的感觉。

本来，分析、评论一部音乐作品，是音乐评论家的事，无须我这个外行人在此置喙。之所以要把我听这六个乐章的感受说出来，是想说明《大地之歌》的丰富哲学内涵。马勒实际是以交响乐的形式探讨了一个古老的哲学命题：存在的价值。这种探讨是矛盾的、痛苦的。而这一点又完全符合人类的心理，特别是智者的心理：既知道生之必死的道理，所以他描绘了死亡；同时他希望生之永远，因之又把生命和大地联在一起。这就是马勒的矛盾之处。

于是他痛苦。于是他悲哀。“古来圣贤皆寂寞。”一切深刻的灵魂，所有智慧的人生，都蕴藏着悲观。这也就是《大地之歌》作为一部不朽的传世之作的缘故。每人的内心世界都是充满矛盾和自相抗衡的。每个普通人的生活并非都是一帆风顺的，我们的内心世界也常常是充满矛盾又必须作出选择的。这种选择有时就非常痛苦。《大地之歌》之所以引起听众的强烈共鸣，道理正在于此。

和所有的人一样，我自己的一生就不是一帆风顺。在“以阶级斗争为纲”的岁月里，从少年时期直到十一届三中全会拨乱反正之前，我因“黑五类”出身而备受歧视。我戴着“白专”的帽子小心翼翼工作着、奋斗着，总算凭自己锲而不舍的韧性，在业余文学创作上做出成绩，得到社会承认。新时期开始，“左”风频刮，乍暖还寒，明枪暗箭，我又受到不少伤害。好在改革开放的大趋势不可阻挡，专靠抡“左”棍打人起家的，最后还是得谢幕退场，最终无可奈何。在大环境逐渐好转的情况下，这几年总算多少写了些自己想写的东西。虽小有曲折，总的来说，我的人生和我们整个国家民族一同在发展、进步。

在感情世界中，这辈子我所遇到的痛苦和欢乐，幸福和悲伤，只有我一个人知道，只有我一个人体验。直到写这篇文章的时候，我也还不能预测自己未来生活的走向——是“满目青山夕照明”，抑或要过些风雨如晦的日子？此时此刻，《大地之歌》一忽儿忧愁，一忽儿欢乐，一忽儿绝望，一忽儿幻想……听着那似乎是无序的几近狂乱的音响和咏唱，一阵阵酸甜苦辣的滋味潮水般涌来……

每个人都有自己的希望和追求，痛苦和欢乐。当今商品经济的社会，升官发财是普遍的愿望，灯红酒绿是不少人追寻的欢乐。生之必有一死。有人说，名利场上那班人没有想明白这道理，或根本就没想。我看未见得。相反，有的人正是看透了所谓“人生一世，草木一秋”，所以才及时行乐。这样做的结果自是放纵贪欲、疯狂敛财，其结果大都害人害己，不会是很美妙的。

世界上一切伟大的哲学家、政治家、科学家及文学艺术家是另一类人。他们以他们的思想和实践指导着人类，造福着人类，他们都是从自身的苦难中九死一生活下来的殉道者。但这种参悟了一切的伟人毕竟少而又少，寥若晨星。

等而下之如我辈。精神积累就不多，更谈不上物质财富，却也有自己的活法。温饱足矣，权钱无趣。视创造为一种幸福。舍此，全是过眼烟云。始终把一个豁达的胸怀看得比成败祸福更为重要。

马勒诠释的人生本质上是痛苦的。我现在就很痛苦。但为什么不脱身而出去找莫扎特呢?

罗近溪说:“圣人者，常人而肯安心者也。”这话看似简单，可面对七情六欲，“安心”又谈何容易!

安心！安心！且努力做一回“圣人”去。

麦斯基和他的“妻子”

大提琴家米沙·麦斯基把他那把心爱的大提琴比作“妻子”。据麦斯基自己介绍，1973 年 11 月 3 日，他第一次听到“她”的声音，便决定这一生一定要和她在一起。麦斯基终于如愿以偿了，此后便和她朝夕相处，连上飞机都要专门给她买张票，决不允许别人染指。1999 年 10 月北京国际音乐节期间，排练前有人不小心碰了她一下，麦斯基顿时脸色发白，所幸尚无大碍。

麦斯基的这位“妻子”名“蒙塔尼亚娜”，1720 年诞生于威尼斯，正是巴赫写无伴奏大提琴组曲的那一年，至今已有 280 岁了。可听过她的声音的人无不为之沉醉、倾倒。

我有一张 CD 碟片，盒面上正是米沙·麦斯基和他形影不离的“妻子”——那把大提琴。碟片共录了 9 首曲子。全是具有忧伤美的那一种。比较而言，9首中圣·桑的《天鹅》、福莱的《悲歌》、柴科夫斯基的《小夜曲》（Op.19）和布鲁赫的《希伯来祷歌》（一译《神之日》）我尤为喜欢。从始至终这把叫“蒙塔尼亚娜”的大提琴，仿佛是一个成熟的中年妇女，用她温柔而略带伤感的女中音娓娓地、有时难免激动地表述着她的情感。俄罗斯的文学艺术作品——包括这个民族的一些作家、艺术家，那种内在的忧伤似乎从麦斯基所选的曲目和他的演奏风格上得到了完美的体现。

法国作曲家圣·桑的《天鹅》，短短的一首曲子，却五次改变调性，它为演奏家提供如莫奈《日出》般的梦幻感，本可以把它演奏得变幻多彩、细腻温柔，还稍许带点印象派的痕迹，麦斯基却通过这把大提琴对《天鹅》作了另一种诠释：充分挖掘了这首曲子蕴含的另一种感情，即浮在水面上的这只天鹅孤独的悲哀。这是一只失伴的天鹅，它痴痴地游着，寻找它的爱侣。乐曲似乎在暗示，它是永远找不到了。感受到这一点，忧伤便从心底散开来。

另一位法国作曲家福莱（1845—1924年）的《悲歌》

已经不仅是忧伤，而是悲痛了。那阴沉如挽歌的旋律，着力之处如撕心裂肺，痛不欲生。麦斯基成功地把俄罗斯人那隐隐的、内在的忧伤逐渐导入，最后和法兰西人外露的、激烈的情感水乳交融，处理得极为成功。

也许麦斯基的俄罗斯血统和师从苏联著名大提琴家罗斯特洛波维奇，使他对俄罗斯作曲家的作品理解得特别深刻。柴科夫斯基的《小夜曲》（Op.19）不像他的《弦乐小夜曲》（Op.48）那么有名，却有着浓郁的柴科夫斯基风格。乐队演奏的这种小夜曲一般比较轻快活泼，柴科夫斯基却把它写得很是伤感，像是一个失恋者的倾诉。也许又是麦斯基的俄国血统，使他对这位同族同宗的作曲家的风格理解得颇为独到。每一个乐句都体现出柴科夫斯基风格，更重要的，渗透着麦斯基自己对这片土地的浓厚情感。我相信别的大提琴家也会拉得很精彩，但绝对拉不出这点俄罗斯味儿，这正如一个外国演奏家不可能用小提琴拉出《二泉映月》的中国味儿一样。

德国作曲家布鲁赫（1838—1920年）的《希伯来祷歌》，我还尚未把麦斯基的演奏与其他演奏家进行比较。这首曲子无疑写得非常好。它展现了犹太人在一年一度的赎罪节第一天在教堂里的祷告的心路历程。乐曲开始缓慢而沉重，蒙上了一层悲哀、沉郁的色彩，叫人想到的是犹太民族所经历的苦难。但他们还要自省，还要拷问自己的灵魂。一方面是生命的痛苦，另一方面是灵魂的痛苦，还有对未来的希冀，这一切在麦斯基的琴声里也表现得淋漓尽致。他对忧伤的敏锐感觉，使他很好表现了布鲁赫这首作品的精髓。

麦斯基曾说："大提琴里有很多作品我是不拉的，我要录制的是我真正喜爱的。"麦斯基喜爱并录制的这9首曲子有一个共同点，那就是都具有一种忧伤美。忧伤美似乎是俄罗斯文学艺术在美学上的一种"遗传基因"。麦斯基的俄罗斯血统使这种"基因"在处理不同作曲家的作品时占了一种鲜明的优势。他的琴声之所以如此深沉厚实，如此感人至深，也许正在于这种深层次上的感情理解。

或许会说，还有他的"妻子"——他那把1720年制造的古琴。这当然是一个因素。但琴是人拉响的，换一个三四流的琴手去拉也绝不会发出这样的声音。有人曾赞美小提琴大师海菲兹说："你的琴声太棒了！"海菲兹打开琴盒，侧耳细听后说：“我怎么就没听到呢？”琴的声音是人拉出来的。便是两位演奏家先后用同一把琴演奏同一个曲目，也绝不会发出同样的声音。

在1999年北京国际音乐节上，麦斯基和爱乐者们座谈时有一段对演奏家和听众的评价非常中肯。他说，不同的演奏家能赋予琴声不同的个性。不好的演奏家，声音从乐器里出来；好的，声音从乐曲中出来；更好的，声音从心里出来。

论及听众的话也类似。说最简单的听众，声音只到耳朵；高深一点的，到头脑；再深，就到心了。

作为听众，我理解耳朵听着好听，只是简单的官能享受。到脑子，就会理性地思考一下为什么好听。到心，则完全是感性的，直通的。说不清、道不明地就自个儿伤感、激动、沉思……

至于演奏家本人，归根到底一个字：爱。麦斯基初见这把琴就“一见倾心”，对这些曲子也“一见倾心”，按但丁的说法，“这倾心就是爱，这是心和物之间经过喜悦而发生的新联系”。爱，确实是联系心灵之环，麦斯基通过他的琴声，那一头把那些已经逝去的伟大作曲家，这一头把今天的听众紧紧地联系在一起。

由是我想到今天的电脑，它无疑能完成最复杂的演奏技术，但绝对是呆滞而冰冷的。

道理很简单，它没有感情，没有爱。

怀念童话

就我所知，交响乐中最短的是美国作曲家哈里斯（1898—1979年）的《第三交响曲》，它只有一个乐章。最长的恐怕要数英国作曲家霍尔斯特的《行星》组曲，共七个乐章。这部作品把一般交响乐队不设的低音长笛、低音单簧管、低音大管乃至乐器中的巨无霸——管风琴都用上了，此外还有六个声部的合唱队以及诸多的打击乐。其特别的题材，其庞大的乐队，其新颖的手法，这一切使它在1918年9月29日于匆匆排练两小时后在伦敦皇后大厅试奏时就一炮打响！听众尤其对第一乐章《火星——战争使者》及第七乐章《海王星——神秘主义者》反响强烈，表现出巨大的兴趣。

我从小就喜爱和敬畏星空，以“行星”为题材的音乐作品岂能不听？于是专门选了一个星光灿烂的夜晚来欣赏。听罢这组气势恢弘、不同凡响的大型管弦乐，不得不佩服在创作上历来不落窠臼、力求创新的霍尔斯特的气魄，也赞赏当年的那些听众——他的知音。在全部组曲中他们对开头和最后的两个乐章特别感兴趣是有道理的。我喜欢的也是这两个乐章。

听完《行星》，我安排自己到外面看星星。我住的翠湖边最近刚好有个小青年架个天文望远境，收费一元看星星。我特意让他给我找到土星。在天文望远镜里土星之美令我赞叹不已。那压得低低的光环下面，半遮半掩的是她俏丽的脸庞。这分明是一个戴着草帽的美人，她的明眸皓齿，她的婀娜身段……给人多少美丽的遐想。霍尔斯特根据西方占星术的解释，居然把她描绘成一个"战争使者"实在有悖常情。听听第一乐章中一开始打击乐和弓杆击弦造成的那种逼人节奏，加上低音弦乐压抑地喘息和小鼓不时地敲击，你感受到的仿佛是剑拔弩张的两军步步靠近。终于，血肉横飞的战争爆发了，残暴蛮横而又令人发憷。这怎么也和土星那温柔的形象联系不到一起。

我要说，仅仅从音乐造型看，第一乐章是很令人感动的，有着强烈的震撼力量。霍尔斯特在第一次世界大战爆发前写出这一章表现出他敏锐的预见性，但把宇宙美人似的土星描写成“战争使者”实在是让人无法接受。如果不局限于太阳系的行星，改成彗星可能会更好。

写海王星的第七乐章就大不一样。其美丽和想象力是无与伦比的，是整个组曲中我最为喜爱的。它光怪陆离，飘渺而又虚幻。霍尔斯特给它的标题是“海王星——神秘主义者”。“神秘”，也很好，只是太成人化了。我宁愿把它看成一篇音乐童话。是的，只有童话，才有那份孩子的纯真。这才是最美好的。霍尔斯特当初没想到这一点大约又是太信占星术对这颗行星的解释了。当时海王星是太阳系中发现得最晚的，难怪占星学家也觉得它神秘莫测。此后天文学家又发现了太阳系的第九颗行星——冥王星。据说还有第十颗行星尚在寻找。霍尔斯特在这一点上又缺少预见。他以为这是太阳系的最后一颗行星。

因之，写海王星的第七乐章于我并不感到神秘，只是觉得它如童话般美丽。其魅力甚至使花甲之龄的我一下子回到了童年，想起故乡那如黑色天鹅绒似的夜空和那些又大又亮的星星。

第一次对星星的兴趣始于儿时读《幼学故事琼林》中的“参商二星，其出没不相见”一句，来了好奇心，想在天上找到它们。母亲告诉我，这就是“天亮星”和“黄昏星”。太阳落山后升起的第一颗星就是“黄昏星”，“天亮星”则是天亮之前最后消失的星星。“黄昏星”容易见到，要看“天亮星”非得起个大早。母亲说“天亮星”很大，很亮，很好看。第二天我摸黑起床，很容易就在天空中找到这颗最耀眼的星星。除月亮之外，它的确是最夺目的了，亮到足以照见一条小路。

那之后不久，开春了，家乡的人时兴到一个叫“下澡塘”的地方洗温泉。在山里搭个窝棚住两三个晚上。老太太们喜欢半夜去温泉一泡通宵，叫“压澡塘”。我常和祖母、母亲去“压澡塘”。头上的星星闪闪烁烁，草丛里的萤火虫闪闪烁烁，映在温泉里的星星、萤火虫也闪闪烁烁；附近的山林里夜莺在咕咕地叫，小麂子也在“罕！”“罕！”地叫，大人们开始讲很多天上的故事：佛祖降魔王、观音洒圣水、天女散花朵……讲到半夜，婶婶们又送汤圆来了，就在水里端着个碗吃，吃完又缠着大人讲。便讲：星星们也是孩子，一样在天上玩耍，一样淘气，一样要吃……“吃汤圆不？”“吃。”“拉屎不？”“拉。”我提出很多怪问题。

一颗亮亮的星星从天上划过，坠落远处。

“这就是星星在拉屎。”大人们肯定地说，答应第二天带我到流星坠落的地方找“星星屎”。

我努力想着“星星屎”的样子：它一定也像星星一样是闪亮、闪亮的。结果真的找到了，确实是闪亮闪亮的——就像霍尔斯特在《行星》第七乐章中那些用叮叮如银铃的钢片琴演奏出的乐句。为了营造这个幻想世界，霍尔斯特甚至规定：“合唱队要置于舞台边邻近的房间内，房门要开着直到全曲最后一个小节，这时门要轻轻地、静静地关上……”正是这种细致入微的安排，方使人有余音绕梁的感觉，随着这仙乐般的声音尽情在美丽的太空飘游。这声音是静谧的夜空的闪烁，是舒缓的天使的裙裾，是通向无垠的时空隧道……闪烁不定，广漠深邃，一忽儿非常温软，一忽儿又让人感到冷清。到这个岁数听这个乐章，除感受到童话般的美景外，还会产生“我欲乘风归去，又恐琼楼玉宇，高处不胜寒”

的感慨。

霍乐斯特《行星》组曲第七乐章原意是强调它的神秘，却无意间把人带入一个童话世界，这可能是他始料不及的。

听完《行星》组曲，看罢夜空归来，自然又回到现实中，想到合法和非法的聚敛财富今天已成了一种时尚。我们有的是“成熟”，是“理性”，是“实惠”，如果想象那是升官发财之后的别墅、奔驰车、女人和海滨度假，那么再不可能是儿时的童话世界了！

我们已经没有童话。

霍尔斯特《行星》组曲的这个乐章毕竟是虚幻的，但我仍然非常喜爱它，因为它让我远离邪恶而亲近美丽。

我至今还珍藏着一片美丽：一片闪闪烁烁的云母片。

它就是我儿时找到的“星星屎”。

另一种阳光

1778年，法国驻英大使馆窦·法努公爵得知奥地利天才的作曲家莫扎特和母亲正客居巴黎，便非常恳切地要求莫扎特为其善弹竖琴的女儿的结婚纪念写一首竖琴曲子。鉴于法努公爵不仅是贵族、大使，更重要的是一位长笛演奏家，莫扎特欣然应允。作品很快写成，编号为K.V.299，这就是莫扎特独一无二的《C大调长笛竖琴协奏曲》。

应该说，这部作品并非莫扎特的代表作，但我以为是最具莫扎特风格的作品。听莫扎特的东西，给人一种阳光灿烂、前程似锦的感觉。这部作品把法国式的典雅、华丽和莫扎特一贯的明亮、清纯融为一体，使莫扎特风格发挥到极致！德沃夏克曾说："莫扎特就是阳光。"《C大调长笛竖琴协奏曲》可以使只具有初级西方古典音乐欣赏水平如我辈者，也能领略这种“阳光感”。长笛明亮、悠远，竖琴柔润、亲近，莫扎特天才地把这两种音色反差很大的一管一弦搭配到一起，产生了一种绝妙的效果，使这首曲子不仅有莫扎特一贯的纯净、亮丽，似乎还多了点家庭的温馨——这也许是莫扎特创作时就考虑到父亲的长笛和女儿的竖琴联袂演奏吧？

当我第一次聆听这首曲子时，很遗憾怎么我年近半百才知道世界上有这么美好的东西。一下子又庆幸自己有个弹竖琴的女儿，否则一辈子恐怕都不会刻意去寻找这部作品，有欣赏这部作品的机会了。失去一种珍贵的东西而自己并不知道，该是多么悲哀。

很难描述最初和最近听这首曲子的感觉，因为每次感觉似乎相同又似乎不同。当我想到准确地表达我的这些感觉时才发现，在十二平均律面前，数千个汉字竟然如此贫乏！难怪圣·桑要说“音乐起于词尽之处”，一语说透了文字的苍白。

因此，我只能笨拙地描述一下我听《C大调长笛竖琴协奏曲》时脑海里出现的是些什么。

仿佛是我最熟悉的西双版纳热带沟谷雨林。开始是蒙蒙的轻雾，可以看到细细的如糯米粉似的颗粒在轻轻飘荡；突地，一道金色的阳光从又深又远的高空射下，雾气迅速聚成一朵朵白云升起、升起，于是露出一片湛蓝而又纯净的天空；亿万张湿润的树叶在阳光下像上了釉似的闪闪烁烁，在晨风中翻飞如蝴蝶，不时有几羽五色斑斓的翅膀于绿叶间闪过，便有阵阵的啁啾声在阳光下欢乐地响起。

又像是茸草如茵的林中草地，每茎草上都穿着一粒璀璨的露珠，炫目的阳光因绿色而显得柔和；有银色的小溪从林中流出，在敷着青苔的礁石上激起一颗颗珍珠似的水珠来，一路叮咚而去；伴随着一只有鲛绡翅膀的绿色蜻蜓，时有云影掠过，于是草地暗了，又亮了……

甚至与我所熟悉的这些风景毫不相干，而是一幅17世纪的法国风俗画：塞纳河畔的农家，慈祥的老父和自己的女儿在娓娓闲谈，有应有答，亲切而温馨。你能感到豁达开朗的父亲与天真无邪的女儿之间那份真诚挚爱。窗外，一串串红的、紫的、绿的葡萄成熟了，远山上一片余晖金子般闪烁，投林的鸟儿欢叫着，一缕炊烟带着和谐、幸福升向蓝天……

也许所有这一切联想出的画面都不是，因为诚如卢梭所说，“音乐不能直接地表现事物，但它能在人们心灵中产生经由视觉形象所引起的同一情感”。虽然我每次听这首曲子，觉得它所表现的事物似乎都不尽相同，但“经由视觉形象所引起的同一情感”始终是一样的：那是一种当你面对一尘不染的生态和心态时的明净和愉悦感，你会觉得这世界非常明亮、纯净，周围的人是那么可亲，生活是那么美好，阳光下没有阴影、肮脏和丑恶，心里只是一片柔润和亮堂。

因之，每当我在生活中受到挤压，惶乱不安，沮丧失望，或看到一些丑恶、阴暗的人和事之后，哪怕只为一个阴郁的人带入办公室的一股冷气，或因周围脏乱的环境、密集的人群导致的心情烦躁，我会回家迅速地找莫扎特，当然最好是这支《C大调长笛竖琴协奏曲》。只要旋律响起，便觉得那明亮的长笛有如一缕长长的温柔的阳光照射心际，而竖琴的一串串琶音珠圆玉润，如泉水，如朝露般滋润着焦灼的心田，于是乎又觉得生命是美好的，前程是辉煌的，又可为之去工作、去奔忙了。

《C大调长笛竖琴协奏曲》的“阳光感”在这首曲

子中就是这般强烈。我甚至觉得它不仅有阳光的明亮，而且还有泉水的滋润，二者时分时合，妙不可言！如果定要在自然界中找一种可见的形象来比喻，它就是那种罕见的阳光雨，即一边阳光灿烂，一边雨丝飘洒，千万条雨丝在阳光照耀下如一根根银色的琴弦，牵着阳光，直射地面。从很远的地方看，这就是那七彩变幻的彩虹。

阳光，我们居住的星球赖以生存的首要条件，人类都知道这一点，却未必能深刻地感知这一点。因为亿万年日出日落，“四时行焉，百物生焉”，我们早已习惯了阳光雨露的恩泽而觉得它理应如此。只有当长夜漫漫的时候，在坠入深渊的时候，在阴霾密布的时候，哪怕是一点小物体发霉的时候，我们才那么急切地期盼阳光，更别说欲破的胚芽、待放的鲜花、将熟的果实了。

我有过一次失去阳光的恐怖记忆，使我对人类享有阳光感受备深。那是一次日全食，好端端的大白天突然亮起了星星，惊愕的行人在黑暗中一个个有如死亡雕像，四周一片鸡狗惊叫的声音，那情景实在可怕！从那一天起，我更加热爱阳光，礼赞阳光，这就促使我对另一种阳光——莫扎特给予我们心灵的阳光同样地珍视了。这，也是人类永远需要的：郁闷时，它给你一片灿烂；焦躁时，它给你丝丝阴凉；给痛苦以抚慰，给孤独以温暖。总之，只要你能感受到莫扎特的阳光，什么时候都不会绝望，哪怕面对死亡，也会带着笑容。

写到这里，自然会想到巴乌斯托夫斯基那篇有名的《盲厨师》。一个失明的老厨师躺在床上痛苦地等待死亡降临，临终前他希望能再次见到先他而去的妻子。这时小孙女带进一个年轻的陌生人，他默默地弹起一台废弃的旧琴。弹着弹着，老厨师兴奋地叫起来，说他看见了盛开的苹果花，看见“温暖的阳光从某处的上空射下来……把墙烤暖了，上面正冒着热气……天空更高，更蓝，更加壮丽。一群群的鸟儿从古老的维也纳上空飞向北方……”最后，老人终于叫道，他看到了他年轻时的恋人玛尔达，在他们约会的那一天，“她因慌乱而打破了一罐牛奶……”

老厨师满足了，他喘着气说：“我像许多年前那样清楚地看到这一切，但是我不愿不知道他的名字就死去。名字！”

“我叫沃尔夫冈·阿梅捷·莫扎特。”

小说也许是虚构的，但它表明，人在痛苦的时候是多么需要莫扎特！

莫扎特似乎是为消解人类的痛苦存在的——从活着的人到等候死亡的人的痛苦。

也许，到世上“潇洒走一回”的人不需要莫扎特——如果确有这种人的话。

偏偏，我们多灾多难的星球，我们为生存拼搏、格斗的社会永远都存在着痛苦，这就是德国古典美学常说的“世界的痛苦”（Weltschmerz），这就注定了像人类永远离不开自然的阳光一样，人类也永远需要莫扎特的阳光。

休止中永生

天才的莫扎特第一个音符是1762年开始创作《D大调小步舞曲和四重奏》时写下的，那时他才6岁。1791年，35岁的莫扎特写完了《A大调单簧管协奏曲》，在画上最后一个休止符后不久，这位用音符诠释世界的思想家终因心力衰竭而英年早逝，给全人类留下了无法估量的精神财富——从编号“K.1”的《D大调小步舞曲和四重奏》到最末一个编号“K.622”的《A大调单簧管协奏曲》共622部作品。平均每年写22部。这是一种什么样的创作速度啊！直如灼热的岩浆喷涌，不尽的海潮澎湃，我国一位著名的指挥家惊叹：这622部作品别说创作，“抄一遍也足以把人抄死”！

《A大调单簧管协奏曲》是莫扎特622部作品和35岁短暂人生的辉煌句号。如果有一双音乐的耳朵，听后无不热泪盈眶，喉头发哽。

乐曲开始时先以弦乐把第一乐章的第一主题引导出来：

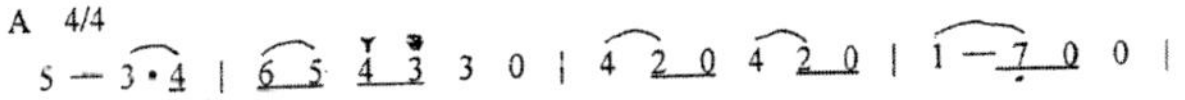

A 4/4
5 — 3·4 | 6 5 4 3 3 0 | 4 2 0 4 2 0 | 1 — 7 0 0 |

美丽而又忧伤的乐句和短暂的休止，让人感到的是抽噎，一种痛苦的抽噎。然而协奏部分无比丰富，一如充实的人生。阳光般的莫扎特风格仍不时闪射出他的光芒。便是掉下泪来，仍是珍珠般晶莹、璀璨。

这首激动了亿万听众的曲子我其实在写这篇文字之前才听过一次。但就这一次，便已终生难忘。

那是多年之前的一个黄昏，我拿着小收音机在滇池边散步。金秋的落日在高原上显得特别灿烂，“四围香稻，万顷晴沙”，加上所有的绿色树冠，全像镀上了一层金箔。晚风起处，滇池水面也像洒下一层碎金。整个世界是金色的。我从未见过如此辉煌的落日！这时，不知是哪个电台的播音员宣布，下面播送的将是莫扎特《A大调单簧管协奏曲》。接着弦乐奏出了第一乐章那难忘的乐句。这个乐句又由单簧管接了下去，重复吹出。它像磁石般霎时把我吸附住了。眼前落日余晖中似乎出现一个历尽沧桑，领悟了人生智慧的长者，他不无忧伤却又非常从容地向他的人生终点走去。风风雨雨，花开花落，忙碌、痛苦、创造、收获……“活着是多么好啊！”第一乐章好像是这样展示开来的。

莫扎特一直到死，对世界都充满爱心。然而写这部作品时却贫病交加，是他一生中最不幸的时刻！孩子一个接一个地死了，只剩下4岁的卡尔。家里穷得几近揭不开锅，穷得只好向朋友们借钱，穷得死后买不起一块墓地，自己又卧病在床，这无疑是很痛苦的。生活的痛苦，情感的痛苦，精神的痛苦，从低层次到高层次，人没有不被痛苦煎熬过的。庄子：“人之生也，与忧俱生。”生命和痛苦是共生的。所有的天才又都是些对生命的苦恼有着深切感受的人。但这不是琐屑的、一己的、婆婆妈妈的痛苦，是“长太息以掩涕兮”的痛苦，是“但愿众生皆得饱，不辞羸病卧残阳”的痛苦，是“秋风秋雨愁煞人”的痛苦，说到底，是个人对于众生共苦的深切感受，而“共苦才是人类正义和爱的根本”（叔本华）。二百多年来，《A大调单簧管协奏曲》之所以如此深深地感动着不同种族、不同文化背景的亿万听众，正是因为它道出了所谓“普遍世界的痛苦”。

且听由单簧管直接吹出的第二乐章的第一个乐句：

D 3/4

5 1̇·3̇ | 3̇ 2̇ 1̇ 0 | 5· 1̇ 3̇ 5̇ | 5̇ 4̇ 3̇ 0 |

缓慢、忧伤、如泣、如诉，每个音符都像在哭。赵鑫珊先生评价第二乐章开始的这个乐句“是西方音乐史上最富有忧伤美的一个旋律……也是最富有哲理的一句，这是一句抵一万句的杰作”。我同意这个说法。

忆及多年前在滇池边最初听到这支曲子时，那种感动仅仅是美学上的，即面对当时环境产生的“忧伤美”。落霞孤鹜，秋水长天，“断人肠处，天边落照水边霞”。正是当时那情、那景，才使我对这支曲子留下如此深刻的印象。

有个比喻，说《A大调单簧管协奏曲》是莫扎特的《天鹅之死》。这让我想起芭蕾舞《天鹅之死》里那支濒死天鹅的凄惨形象。它痛苦地颤抖着，最后，那美丽的长颈也终于垂落了。

西方人似乎不太忌讳谈论死亡。柏拉图之后的西哲们关于死亡的哲学论述汗牛充栋。他们还通过文学艺术作品来表现死亡。如近代毕加索的《格尔尼卡》，肖斯塔科维奇的《第十四交响曲》等等。幽默的萧伯纳自撰墓志铭：“我早就知道不论我活多久，这种事迟早总会发生的。”一语道尽了对死亡的乐观态度。而贝多芬则说：“连死都不知道的人真是可怜虫！”这又是何等的豁达。直到今日，德国一些中等学校甚至就把莫扎特有关死亡的书信编入道德伦理教材，尽早让孩子们正视这种自然规律。这封信正是莫扎特在创作这首《A 大调单簧管协奏曲》之前写的。他在信中对父亲说道：“死是我生命的真正的最终归宿。这些年来我一直在思虑人的这位真诚的挚友……”

把“死”视为“挚友”，既爱及生，又爱及死，这是何等博大的爱的胸怀。在他临死前一天，即 1791 年 12 月 4 日，他对侄女索菲说：“死亡的味道已经跑到我的舌尖上来了……”“死亡”还有“味道”，这又是一颗对生命何等敏感的心啊！当他听到死亡一步步向他走近时，他争分夺秒地用一双手同时创作出弥留之前的最后三部作品——《安魂曲》、《降 B 大调钢琴协奏曲》和这首《A 大调单簧管协奏曲》，并且毫不忌讳地对他的学生朱斯迈尔说："我这是为自己写的安魂曲啊！"面对死亡，他非常从容。此前，他的挚友巴里沙尼医生去世了，莫扎特说："我不幸失去了一位挚友……值得庆幸的是，我们早晚又会在另一个较好的世界里重逢，不再分离。"从这些书信、言谈里看出，莫扎特一直在思考"死"的含义。死，在莫扎特眼里是一种必然的、宁静的归宿，甚至是生命的永生。

了解了上述《A大调单簧管协奏曲》的创作时间和背景，了解了莫扎特写这部作品时的心态，对于进一步感受这部作品的丰富内涵无疑是很重要的。这里有孤独、寂寞、苍凉、痛苦和死的沉郁；或者，整个就是对灵魂的一种安抚，抑或是一种哲理的沉思。总之，它给予人的是太多、太多了！

在描述人类情感方面，和音乐相比，画面、文字是太惨白了。难怪电影《走出非洲》、《绿卡》在表达人物复杂的情感时，也要借助这首《A大调单簧管协奏曲》。究其原因，在于它表达了语言文字无法说清的人类复杂的情感。它是如此的丰富，以致不同的人从中都能感受到一种或多种情感。

书及此，想到19世纪的奥地利作曲家汉斯在其所著《论音乐的美》一书中有一种说法：“音乐的内容就是音乐的运动形式。”这话就某种意义上来说也不错，遗憾的是，今天有人把它引申开去，“告诉沉浸于音乐情感的爱乐者：任何时期的音乐都只是运动形式的变化，喜悦和悲伤都是你自己附会的”。我想，只要喜欢音乐的人大约都不会同意这种说法。国歌绝不会听成哀乐。贝多芬的《悲怆》几百年来也没有人把它听成《热情奏鸣曲》。人们在听凄凉的《江河水》时也不会产生听《金蛇狂舞》的热烈感觉的，更何况对任何“运动形式的变化”，那些活得无忧无虑乃至麻木不仁者是绝不会有任何感情“附会”的。就连如此震撼人心的《A大调单簧管协奏曲》，他们也是如此。

音乐，在声学中无疑能找到一种自然科学方面的解释，但要把人类丰富的感情表达和接受方式全都物理化，这本身就是非常荒谬可笑的。如果音乐仅仅是一门物理学，那么伟大的爱因斯坦绝不会说“死，就意味着再也听不到莫扎特了”。

多年前听的这支名曲，最近终于找到它的CD碟片。

我如获至宝，一次又一次地反复听。奇怪的是，当年滇池边第一次听时产生的那种孤独、凄凉、痛苦等等混合的忧伤感似乎升华了，化作一汪秋水般的澄明、平静。我的全部感受是：这是一种对生命的沉思。

毋庸讳言,《A 大调单簧管协奏曲》有痛苦和忧伤的情绪。但正如“爱”，是“共苦”的根,“死”，亦是“生”之源。麦子为了发芽，它的种子必须死了才行。莫扎特显然了解这种生死观，因之，整个《A 大调单簧管协奏曲》配器部分丰富而辉煌，弦歌如缕，织出漫天云锦，真个是“满目青山夕照明”。特别是轻快的第三乐章，仍是莫扎特的亮丽、莫扎特的乐观，只是多了些对生命的思考，多了些晚年的平和。听完全曲，我久久闭目沉思，跨越时空，我仿佛听见莫扎特说：

“我爱生命。可我走了，看我身后是多么辉煌灿烂啊！”

乐曲已经休止。这是一个永恒的休止。正如美国哲学家桑塔亚娜（1863—1952 年）所说：

“死亡的黑暗景幕将衬托出生命的光彩。”

我以为，这是对莫扎特《A 大调单簧管协奏曲》最好的注解了。

真情永远

提起中国的小提琴协奏曲《梁山伯与祝英台》，爱乐者没有人不知道的。在中国管弦乐作品中，它是我最为喜爱的一首。它不仅感动了千万中国听众、海外华人，也感动了文化传统完全不同的外国人。在国内被誉为“民族的交响音乐”，国外给它取了一个更具浪漫色彩的名字——《蝴蝶的爱情协奏曲》，称它是一部“迷人、新奇、具有独创性的作品”。

我有几个并不懂交响乐的朋友，谈起“梁祝”小提琴协奏曲都喜欢，说不出道理，但一听到“英台抗婚”与梁山伯楼台会那一小段，无不为之动容。究其原因，一是梁山伯与祝英台的故事在中国堪称家喻户晓；二是作品以“草桥结拜”、“英台抗婚”、“坟前化蝶”三个主要情节为内容，按照呈示部、展开部、再现部的西方古典协奏曲传统模式并充分吸收了中国戏曲中丰富的表现手法，完美地做到“古为今用”、“洋为中用”，使这一作品成了中国交响乐的经典。如呈示部末尾用戏曲中对话式的应答表现梁祝爱的倾诉，“坟前化蝶”中的“哭坟”这一细节描写则又吸收了京剧中的倒板和越剧中的嚣板。便是小提琴演奏技巧上也借用了中国民族乐器的演奏技法，让人一听就听出那绝对的中国味儿。因之中国人才觉得亲切，外国人才感到新鲜。

人们喜爱它的第三个重要原因还在于：这种古老的、刻骨铭心的爱情在今天商品社会里似乎已经不复存在了。越来越多的人感受到这一点，便有越来越多的人要在其中找一种慰藉，一种寄托。

梁祝故事的历史背景是一个完全闭锁的封建社会。那时男女授受不亲。送个物件，也得先搁下，对方再拿，不能直接交接。女人的手一旦不慎被异性触及，贞烈女子还要把被触及的部分剁掉。父母指定的男人便是她终身的唯一的男人。为追求和表现另一种叛逆的爱情，“公子落难，小姐赠金”，“女扮男装、私定终身”等等几乎成了很多戏曲框套。因之一见倾心，至死不渝乃至为自己唯一的爱而殉情的惨烈故事就可以理解了——她们别无选择。

今天的社会女人的处境和过去有天壤之别。男女间相互选择，如选择商品一样方便。便是尼姑、修女，也有很多接触不同异性的机会，更别说那些“女强人”和各种各样的“星”们。商品社会使女人，还有男人把那曾被叫做“爱情”的东西看得太透了！生存竞争，尔虞我诈，让人活得很累很累！“聪明”人谁还会给自己再加上爱情的沉重包袱呢！因整个社会的功利实用，古典的爱情肯定是越来越少，于是，男女之间的交往只剩下一个游戏和官能享受的乐园。

科学家对本世纪的预言更为今天的男人女人描绘了一个可怕的未来：在本世纪中，随着体外受精、试管婴儿、变性、代孕，甚至男人怀孕、克隆人、智能机器人等等的出现（有的已经出现），家庭将因之解体。男人和女人之间，互相需要仅仅因为性的乐趣。正如我们今天对几百年前男女“授受不亲”不可理解一样，未来人对今天的“婚外恋”、“第三者”这种词也会是百思不解。好在那个时候我们的儿孙辈恐怕都已经死了。我们用不着为后人担忧。今天人们关心的是，这世界上是否还有梁祝一样的真正的爱情呢？我坚信是有的。尽管卢梭曾说“当文明从地平线上升起，德行也就消失了”，但我认为将来智能机器人不管发展到什么程度，它绝对取代不了人类丰富的情感，因之真情是永远的。就在我们生活的今天，患难夫妻相濡以沫的爱情，休戚与共、白头到老的爱侣举不胜举！众所周知的吴祖光与新凤霞感人至深的故事便是一例。

我有个朋友曾向我讲述了他的初恋。1958 年，他在边远的县城认识了一个去那里实习的生物系女大学生，两人情意相投，产生了一种心照不宣的感情。鉴于当时的社会背景，这种关系仅以一种比“同志”略深一点的形式表现出来——经常在一起谈谈读书和人生感悟什么的。然那种默契使他们在分手时总是渴望下一次的见面。终于，姑娘要回校了。走前一天，我的朋友鼓起勇气表达了自己的爱慕。那少女说，她已经对另一个男人有所承诺。在黄昏的一个树林里，他们只有痛苦地分别。那种年代，也就握握手，轻轻地说了声“再见”。

动人的是此后的几十年，从女方毕业那一年开始，每到新年之前，我的朋友总要收到她亲手做的一张新年贺卡，是用干花精心贴成的，贺卡上每一次都同时写上我这朋友夫妻俩的名字。

“她现在已是61岁的人了，但这份贺卡每到新年前夕照样收到。”我的朋友低下头说，感动而又无奈。

我算了算时间：40年，40张贺卡！并且还将继续下去，直到其中一个过世。

这事并不曲折离奇，更不缠绵悱恻。一首流行歌这样唱道：“平平淡淡才是真。”它贵就贵在这平淡的、然而是执着的真情。

爱情爱情，重要的不是“爱”而是“情”。“我爱你”，说穿了是“我要你”。而一个“情”字是假不了的。它会使一个人关心对方的一切胜于关心他（她）自己。随时都情不自禁地想为对方做一些使他（她）快乐的事而不求回报，并从对方的快乐中也感受到快乐。谁这样想了、做了，他（她）就是真爱了。如果有肉体的参与，这也只是两个灵魂相融的结果。事实上这类至爱真情更多的是灵魂的事。贾宝玉和林黛玉那刻骨铭心的爱和梁山伯与祝英台的一样，是不上床的。

听听“梁祝”，小提琴和中提琴凄凄切切一问一答，肝肠寸断地亦哭亦诉，那带血的心灵的呜咽，那爱情的忠坚不贰……文字此时也显得非常惨白。这伟大的爱情不仅感动了人，也感动了上苍。上苍成全了这对恋人。坟墓轰然打开，梁山伯与祝英台化成一对永不分离的美丽的蝴蝶。暴风雨之后的丽日蓝天，鲜花、流泉、彩虹……在一串串如珠玉般的竖琴琶音中，作品主题再现，颂赞着这永恒的、伟大的人类的情感。这极具浪漫色彩的结果实际上是表达了每一个听众对真正的爱情的衷心祝福。

爱情是人类一个永远的话题。尽管金钱异化了一切，也异化了人的感情，使得今天真正的爱情成了凤毛麟角，但我坚信世界上只要有男女存在的一天，爱情就将永远存在下去！

同样地，科学技术再发达也取代不了人类的情感。人类不会丧尽良知。令我们羡慕的真正的爱情一定会寻找得到。因之，“梁祝”小提琴协奏曲也就会一代一代地流传下去，永远地颂赞着人类一切感情中这最为伟大的感情。

不妨先听小狗叫

大多数人总觉得西方音乐，尤其是大作品——管弦乐、交响乐很难听懂。什么“回旋曲”、“奏鸣曲”、“作品第 × 号”、“第 × 交响曲”听来一片嘈杂，真不知它妙在何处？懂音乐的人却觉得它妙不可言。这是有它科学道理的。

西方音乐，从古希腊开始，发达了一段时间。此后两千多年，文学、绘画没中断过发展。音乐，不知为什么偃旗息鼓了。直到 18 世纪，有“音乐之父”之称的巴赫开始，音乐才又大放异彩，海顿、贝多芬、莫扎特、肖邦、李斯特、柴科夫斯基……如群星灿烂，一直到今天仍然闪烁在我们头上。从 18 世纪至今，这些作曲家的作品，通过对位、和声和各种乐器的配器处理，达到了谐和隽永、尽善尽美的程度。这种“谐和”绝非仅仅是听众的主观感觉，从物理学意义上讲，音乐的要素——旋律即频率的变化，节拍即强弱的变化，音量即振幅的变化，音色即频谱的变化，都是可以作出客观检验的。虽然至今还弄不懂它影响人的情感的机制，但它是科学的、客观的。

西方音乐之所以有的人还不能欣赏，主要与文化传统、素养、趣味、习惯等等有关。一旦由浅入深，听多了，进入了，自然就会心领神会，始知这些音乐大师的作品为什么会是不朽的，而歌星们的流行曲有如一次性商品的道理。

那么怎样才学会欣赏交响乐呢？我以为不妨先听小狗叫——听听作曲家写小狗的曲子。有个可资参照的活物，就比较容易理解音乐的语言了。

先说肖邦的《小狗圆舞曲》。这首作于1846—1847年间的钢琴小品，又称《瞬间圆舞曲》、《一分钟圆舞曲》（实际演奏时间约两分钟）。肖邦写这首曲子时，正与放荡不羁的女作家乔治·桑相恋。乔治·桑养了一只可爱的小狗，活泼调皮，老喜欢追逐自己的尾巴，其结果就不停地打转，逗得乔治·桑哈哈大笑。有次她突发奇想，要肖邦用音乐的语言描绘这只小狗。天才的肖邦不假思索，坐到钢琴旁“一挥而就”，弹出（创作）了这只《小狗圆舞曲》。

先是四小节引子，小狗出来了，让人有一种活泼、憨态可掬的感觉。突然在三拍子的圆舞曲节奏伴奏下，速度迅急的主题出现了。它不断重复，呈示出小狗原地打转追逐自己尾巴的形象。尾巴当然永远追不到，迅速又似重复的主题便给人“无穷动”的感觉，活脱脱画出这小狗的淘气和可爱。终于，它累了——乐曲出现了温馨、闲适的中间部主题，不仅让人看到玩累了的小狗伸出舌头，安详舒适地趴在地毯上，似乎还感受到主人房间那静谧、甜美的气氛。

如前所述，欣赏这些音乐作品，要求欣赏者有一定的素养。如果对肖邦其人，特别是他和乔治·桑的一段恋情略知一二，那么在介绍这首曲子创作经过之后，即使他不会唱歌，不懂乐谱，也完全可以“看”到这只小淘气。

另一首写小狗的曲子更容易听懂，因为它更形象。

这就是美国长号演奏家、作曲家普赖尔（1870—1942年）的《吹口哨的人与狗》或译为《口哨与小狗》。普赖尔一生致力于高雅音乐的普及，写了几部轻歌剧及三百多首通俗乐曲。其中《口哨与小狗》最受欢迎，流传最广。二十多年前在一个朋友那里第一次听到这首通俗器乐曲，就给我留下了极为深刻的印象。

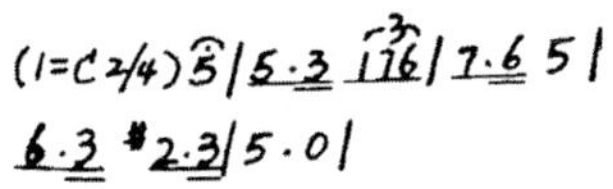

(1=C 2/4) 5 | 5·3 116 | 7·6 5 |
6·3 #2·3 | 5·0 |

懂简谱的人一哼，那附点音符和三连音的节奏，便给人欢快和跳跃的感觉。小狗撒欢是谁都见过的。这个旋律用乐器演奏出来效果大不一样。特别一开始的那个“5”，一延长就老觉得是一只小狗开始叫唤前憋在喉咙里的那种声音。那不是乔治·桑养在家里的那种“大家闺秀”。它是我熟悉的农村里的那种小狗。我小时就有这样一只小公狗追过我，在汪汪叫之前，喉咙里先憋出一声长长的“5”——像极了！只是那时我还不会吹口哨，而普赖尔的小狗有口哨逗着它玩的。你稍加想象，便可以在这个标题的启发下从旋律中隐隐约约听见狗叫和吹口哨的声音（有的通俗演奏索性加进口哨和一两声狗叫）。看见它的主人——一个热爱自然和生命的人如何带着他的小狗漫步在田野里。小狗或前或后奔跑、撒欢，不时在“$\overset{\frown}{5}$”之后叫上两声，你似乎看见它跑远了，但随着主人的两声口哨，它又汪汪叫着回到主人身边。主人的悠闲，小狗的嬉闹，生命是多么有乐趣啊！

如果把两只小狗比较一下，活泼可爱、调皮灵巧都一样，但又各有特点：肖邦的小狗像小哈巴狗，漂亮、灵秀；而普赖尔的小狗属于自由自在、活蹦乱跳的那一种，有点野。

我是先听了普赖尔的《口哨与小狗》之后很久又才听到肖邦的《小狗圆舞曲》的。正是这种偶然的机缘才使我听懂了西方音乐并来了兴趣。当得知肖邦也有这样一支描写狗的钢琴小品时，才会去找来听听，以此两相对比，探求出它们各自的特点。我认识肖邦似乎是从他的这只小狗开始的，而后推及其他，逐渐学会了欣赏这位“钢琴诗人”的作品。特别是他的一套夜曲和幻想即兴曲（作品 66 号）让我百听不厌。

我要庆幸自己在对西方音乐一窍不通时，是普赖尔那蹦跳的小狗把我引入佳境的。坦率地说，如果我硬着头皮一开始就要去听那些几个乐章的大作品，可以肯定，我只会和所有的人一样莫名其妙，最终失去对高雅音乐的兴趣。当然，我可能还会爱好音乐，只不过永远就停留在拿着个话筒，唱唱卡拉 OK 的水平上了。

我因之要感谢普赖尔。他的《口哨与小狗》是把我导入那种纯正审美趣味的曲子之一。所以我说，在学会欣赏大部头的交响乐之前，不妨先听小狗叫。不要以为这是西方音乐中的“小儿科”，为方家不足道。须知，楼梯还是要一级级上。从低至高，由小到大，事物都是这样发展的。

“大狗叫，小狗也叫，就按上帝给它们的嗓子去叫好了。”这是契诃夫针对文学创作的名言。乐坛上也应如此。